SUCIA OSCURIDAD

HISTORIAS OSCURAS DE AMOR, TRAICIÓN, ASESINATO Y MÁS...

MARTIN MULLIGAN

JACK D. MCLEAN

Traducido por

ANA ZAMBRANO

Publicado en 2021 por Next Chapter

Arte de la portada por CoverMint

CONTENIDO

Tome una cada día justo antes de acostarse

MÉXICO

POR JACK D MCLEAN Y MARTIN MULLIGAN

Nos casamos en México y me dejó seis semanas después.

Lo amaba, estaba locamente enamorada de él.

Pero se necesita algo de contexto para todo esto.

Cuando nos conocimos, yo estudiaba filosofía en St. Edmund Hall, el colegio más antiguo de Oxford, y se me auguraba un primer puesto.

Adam irrumpió en mi vida y fue como si un piano hubiera caído sobre mí, «con todas sus melodías», esa fue su frase cuando compartí la imagen con él.

Era piloto de carreras e ingeniero, y pilotaba su propio avión privado, viajando regularmente a la Guayana Francesa, donde supervisaba un programa de satélites de comunicaciones para una empresa internacional con una gran participación del gobierno francés. Demasiados satélites aterrizaban en el mar o explotaban en la estratosfera. Su trabajo consistía en volver a encarrilar el programa. Había desarrollado un software especializado que, según él, revolucionaría la industria de las comunicaciones por satélite, y que utilizó con éxito en ese contrato.

Guapo, encantador y con éxito, lo tenía todo a su favor, incluida yo, durante esas locas semanas que pasamos juntos.

Luego todo terminó tan repentinamente como había comenzado. Ni siquiera se despidió. Sólo dejó una nota en nuestra habitación de hotel. La encontré cuando volví de un chapuzón en la piscina.

«Querida Jessica,

Lo he pasado muy bien contigo pero lo siento, el matrimonio no es para mí.
Todavía te quiero. Pero con el más profundo arrepentimiento doy por terminada nuestra relación.
Por favor, no pienses mal de mí.

Con amor,
Adam».

Me estremecí al leer esas palabras y me apresuré a ir al armario para comprobar si su ropa seguía allí. No estaba. Incluso sus artículos de tocador habían desaparecido del cuarto de baño. Cuando comprobé que todo rastro físico de él había desaparecido, me convertí en una histérica sollozante.

Cuando me recuperé lo suficiente como para hacer la maleta, reservé un vuelo de vuelta a casa y pedí al hotel un taxi para ir al aeropuerto. Mientras esperaba en la recepción, se me acercó un hombre americano de mediana edad. Era evidente que tenía dinero: sólo su reloj debía costar más de lo que yo ganaba en un mes. Las comisuras de su boca apuntaban hacia el suelo como si no pudieran resistir la atracción de la gravedad.

—Tú debes ser Jessica—, dijo.

—¿Y qué si lo soy? ¿Qué te importa a ti? — No estaba de humor para socializar.

—Tu marido acaba de huir con mi mujer.

Me enseñó una fotografía de una joven despampanante al menos veinte años menor que él.

Así que, pensé para mí, la nota de Adam era una mentira. No es que el matrimonio no sea para él. Encontró a alguien más y no pudo mantener su pene en sus pantalones. Es así de simple.

El taxi llegó justo cuando levantaba la vista de la foto de la mujer con la que mi marido se había escapado, evitándome el calvario de seguir interactuando con su agraviado marido.

—Lo siento, tengo que irme.

Recogiendo mis maletas salí con la poca dignidad que pude reunir.

Durante mucho tiempo después de eso fui un manojo de nervios. Había renunciado a todo para estar con Adam. El futuro que había planeado para mí, para los dos, me había sido arrebatado cruelmente.

La realidad era tan difícil de afrontar que acudí a un médico que me recetó pastillas para ayudarme a sobrellevarla. Eran más efectivas si se tomaban con grandes cantidades de alcohol.

De vez en cuando leía una noticia en un periódico sobre cómo crecía el imperio empresarial de Adam, o veía una foto en Instagram de él con una u otra de sus muchas novias despampanantes. Verle disfrutar de la compañía de tantas compañeras núbiles era la más exquisita tortura para mí.

Más pastillas y bebida.

A raíz de mi crisis nerviosa, no pude tener una relación durante mucho tiempo. Cuando finalmente volví a tener citas, para mi sorpresa, fue una mujer la que me robó el corazón. Tal vez siempre fui lesbiana; o posiblemente fue una reacción a haber sido tan brutalmente traicionada por un hombre.

En algún momento, con la ayuda de mi nueva compañera, salí de mi neblina de alcohol y pastillas, me levanté del suelo y empecé a pensar con claridad.

Una simple ecuación se formó en mi mente: él me había quitado mi futuro. Me lo debía.

Podría haber tenido una carrera prometedora si no hubiera sido por Adam. Por su culpa había abandonado mi carrera, que habría sido la clave de todo, y luego había pasado dos años en un estado de casi inconsciencia, debido a su traición.

Era la hora de la venganza. Adam era extremadamente rico. Había heredado mucho dinero, además de que ganaba mucho. Podía permitirse el lujo de compensarme por los males que me había causado. Generosamente.

Acudí a un abogado y le pedí que organizara mi divorcio y se asegurara de que recibiera una gran indemnización.

Fue entonces cuando me enteré de lo verdaderamente retorcido que había sido Adam.

Los tipos ricos como él suelen insistir en acuerdos prenupciales para proteger sus fortunas. Él no lo había hecho. En lugar de eso, nos casó en una ceremonia que no fue reconocida legalmente en ningún otro lugar que no fuera el remoto pueblo mexicano donde se celebró.

Evidentemente, había estado planeando el futuro, pensando que si alguien le hacía dar vueltas la cabeza en algún momento podría salir de nuestra relación tan fácilmente como había entrado en ella.

Y el astuto bastardo me había dejado a la deriva. Arruinó mi vida.

De alguna manera, me las arreglé para reciclarme en informática y, con mucho esfuerzo, durante varios años, me convertí en experta en seguridad de Internet para una empresa con sede en Los Ángeles, aunque seguí viviendo en los condados.

Ocho años después de que Adam y yo nos separáramos, estuve en México,el lugar me traía malos recuerdos, pero eso no me impidió iral mismo tiempo que él. Yo estaba en un viaje de negocios y él estaba allí porque, bueno, estaba siendo Adam.

Le vi pero él no me vio. Tuve la tentación de presentarme, pero no lo hice. Me limité a mantener la distancia. Entró en un hotel y le seguí discretamente, observando cómo pedía una copa en el bar. Sabía que iría allí. Era su lugar favorito. El lugar estaba mal iluminado, tenía una alfombra gruesa, paredes de mármol y atendía a los más vulgares de la élite adinerada. Los Adams de este mundo.

Me colé en un rincón oscuro. Un camarero se deslizó hacia mí y pedí un martini seco en voz baja.

En la barra, a Adam le dieron su bebida, un gin-tonic. Había una chica en un taburete, a un metro de él, bebiendo un cóctel exótico. Llevaba un vestido de seda blanco ajustado y le quedaba bien bien, con el pelo negro cayendo en cascada sobre los hombros color miel. Miró hacia Adam y le dedicó una tímida sonrisa. Un evidente coqueteo.

Sabía, por experiencia personal y dolorosa, que Adam rara vez dudaba cuando se le dedicaba una sonrisa así.

Inmediatamente entabló una conversación con la chica. Tomaron un par de copas juntos y se fueron. No les seguí, suponiendo que habían ido a pasar la noche y que irían a su suite más tarde. O tal vez irían directamente a su habitación.

Terminé mi bebida y me fui a mi propio hotel.

La tarde siguiente terminó mi viaje de negocios, así que tomé un vuelo a casa. Tras aterrizar en Heathrow cogí el expreso al centro de Londres y me dirigí a una habitación que había reservado en el hotel Double Tree. No llevaba más de cinco minutos allí cuando llamaron a la puerta.

—Adelante, dije.

Entró una joven despampanante. La chica con la que había visto a Adam en México. Mi pareja. Había estado dispuesta a sacrificar algunos de sus principios para ayudarme. Su ayuda me había permitido acceder al portátil de Adam durante el tiempo suficiente para extraer información vital sobre sus empresas y finanzas.

Sus cuentas bancarias supusieron una decente inyección inmediata a mi saldo bancario, a través de un dudoso rastro mundial de transacciones que despistaría cualquier investigación.

Estoy vendiendo sus secretos comerciales a través de la web oscura, señal de que van a venderse por un precio muy alto.

Pobre viejo Adam. No creo que le haya dejado suficiente dinero listo ni siquiera para pagar un vuelo a casa. Tendrá que conseguir algo de dinero vendiendo acciones de sus empresas.

Pero más vale que lo haga rápido, ya que su valor caerá más rápido que la Burbuja del Mar del Sur cuando se sepa que todos sus competidores conocen sus secretos comerciales.

Estoy planeando unas vacaciones con mi preciosa pareja. Una luna de miel. Nos acabamos de casar por todo lo alto. Quizá vayamos a México y nos alojemos en un hotel caro.

Fin

EL PEQUEÑO DETALLE DE UN ASESINATO

POR MARTIN MULLIGAN

NO ESPERAS ENAMORARTE DE LA ENANA QUE TE CONTRATA para matar a su marido.

La primera vez que nos vimos en un Frankie & Benny's, en las afueras de una aburrida localidad costera del norte, en pleno invierno, llevaba unos tacones de color amarillo narciso. Afuera, un viento helado aullaba en la estación de autobuses vacía. El oscuro y desierto paseo marítimo, a tan sólo media milla de distancia, estaba limpio de cualquier desecho humano por el vendaval que azotaba el Mar de Irlanda y la playa.

Estaba allí para informarme. Tomé un sorbo de mi Coca-Cola light y empujé un aro de cebolla frito en mi plato y escuché a Jadwiga la Enana Detonante (su nombre profesional). Era una de las estrellas del circo Dart. Su hermosa cabeza de pelo rizado y su firme barbilla estaban justo por encima del nivel de la superficie de la mesa de fórmica en la cabina privada tapizada de cuero rojo en la acogedora penumbra del tranquilo restaurante.

Podría hablarte del efecto que tuvo en mí su voz chillona y

aguda. O el encanto de sus pequeños pucheros. O el modo en que golpeaba la mesa con las lágrimas corriendo por sus mejillas mientras describía el infierno de su vida doméstica. Pero será más seguro y sencillo si resumo y voy al grano.

Jadwiga era una artista muy bien remunerada, con su propia caravana y personal en el circo. Sólo trabajaba tres meses al año, así de bien remunerada. Su matrimonio de tres años con un enano llamado Heathcliff (otro nombre artístico) había ido de mal en peor después de la luna de miel.

Heathcliff era un payaso enano especializado en trabajos aéreos y con cables y conducía el coche explosivo que era el clímax del acto de los payasos. Con su 1,21 m. de altura, superaba a Jadwiga y se lanzaba sin piedad hasta que ella consiguió ayuda para echarlo de su caravana. Ahora vivía en otra caravana, menos equipada, cerca de los cerdos siameses barrigones, otras estrellas del espectáculo. Era un psicópata brutal y cruel. Pero me estoy adelantando.

Tenía dos tareas aquí en Frankie & Benny's. En primer lugar, controlar mis sentimientos para que mi creciente enamoramiento por Jadwiga no nublara mi juicio profesional. Y, en segundo lugar, diseñar y ejecutar un plan para matar a un enano iracundo de forma que los testigos no pudieran rastrear el complot hasta mí y Jadwiga. También teníamos que acordar unos honorarios, aunque esto pronto pasó a un tercer plano en mis prioridades. Todo el asunto empezó a adquirir un carácter obsesivo.

Llámame Zack. Probablemente debería contarte un poco más sobre mí. Consigo todo mi trabajo como limpiador a través de la web oscura. Mis clientes siempre se sorprenden la primera vez que me ven, a pesar de que los descargos de responsabilidad y las explicaciones están todos allí en mi sitio web con mis credenciales. De alguna manera, nada de eso parece cambiar la situación. Veo sus caras alejarse de ellos cada vez. Los ojos se abren un poco por la sorpresa. A veces, una sonrisa rápidamente reprimida. O la mandíbula se desencaja de repente en una especie de sorpresa tensa. En fin.

Mi coeficiente intelectual está en torno a los 200, que es la puntuación que me pusieron antes de que viera lo malo de todo el asunto de los perfiles y aprendiera a falsear la prueba para salir más bajo. En el momento de escribir esto aún no tengo 11 años. Estoy deseando llegar a la pubertad, me han hablado muy bien de ella.

Vivo en casa con mi madre. El tipo que se hace llamar mi padre está fuera la mayor parte de la semana en Londres, trabajando para una empresa global de primer orden de la que todo el mundo ha oído hablar. Como sea.

Esto me viene muy bien desde que tramité la orden de exclusión temporal de ese colegio de mierda con todos esos tontos y la directora aún más tonta. Mamá está pegada a su pantalla durante el día o sale a uno de sus desayunos de trabajo o a hacer Pilates o a hacer contactos para su negocio de diseño de interiores. Este supuesto estilo de vida es la tapadera perfecta para mí y mi negocio.

Este enano Heathcliff no iba a ser fácil de matar, lo vi inmediatamente.

Para empezar, era terriblemente fuerte. Una parte de su actuación consistía en lanzar pesas de 25 kg como si fueran livianas. El público siempre se quedaba boquiabierto. Cogía una de ellas con una pinza y la levantaba por encima de su cabeza con una sola mano. Se podría pensar que era una falsa de papel maché. Pero en realidad era auténtica.

Ser un niño es a menudo una ventaja fantástica en mi trabajo. Así se confirmó esta vez.

Nadie se sorprende de que un niño con pantalones cortos se pasee por el circo, por la carpa o incluso por los camiones generadores. Tuve la precaución de llevar una gorra del colegio y masticar (probablemente de forma redundante) una enorme bola de algodón de azúcar para ocultar gran parte de mi cara la mayor parte del tiempo. De este modo, pude llevar a cabo un reconocimiento casi perfecto durante una función matinal en el Circo Dart.

Me di cuenta de que habría un intervalo después de que Heathcliff saliera tambaleándose del coche que había explotado en el centro del círculo, una vez que las ruedas y las puertas salieran volando, y antes de que él llegara a las cortinas del fondo de la carpa. Tendría una línea de visión clara hacia él si pudiera conseguir el asiento del pasillo final. Las columnas de humo blanco que salían de su coche de payaso también podrían ser útiles para lo que tenía en mente. Habría otras personas a mi alrededor, sin duda, porque las entradasdel Circo de Dart siempre se agotaban y eran oro en polvo. Pero estaba seguro de que encontraría una forma de evitarlo cuando llegara el momento.

Utilicé una hoja de afeitar y unas tijeras de podar personalizadas para cortar una única hendidura del tamaño de un niño lo suficientemente grande como para permitirme entrar y salir de la carpa. Volví al anochecer para hacerlo y me fue bastante bien, aunque al principio me molestaron los perros que ladraban alrededor de la caravana cercana. Pero nadie investigó.

El trabajo me llevó un poco más de tiempo de lo que había imaginado. Estaba lloviendo y el aire frío y húmedo en mis manos entumecidas me retrasó con la hoja de afeitar y las tijeras de podar. Utilicé tiritas de plástico transparente para sujetar las costuras recién cortadas. Había que buscar especialmente el corte para verlo cuando hube terminado.

Lo peor de todo fue que mamá me estaba esperando cuando volví a casa y me hizo un interrogatorio sobre mi ausencia durante un par de horas (volvió inesperadamente temprano de una de sus tardes de club de lectura con sus amigas).

Tuve que inventarme una historia de mierda sobre la marcha acerca de la comprobación del proyecto científico de conservación de las precipitaciones en el bosque, no muy lejos de nuestra casa. Dejó de gritar y de llorar «Zack Zack», aceptando mi historia de mierda y quizás convencida en parte por el hecho de que todavía estaba empapado en mi gabardina del colegio. Gracias a Dios que no revisó mi mochila con el equipo de corte aún dentro. Y la ballesta Gecko de Anglo Arms, un arma moderna y ligera que desarrolla 87 libras-pie de energía para un rayo que viaja a 300 pies por segundo.

Siempre llevo un registro de los trabajos y nunca lo he necesitado más que ahora. No creo que ellos, la policía, puedan rastrearme. Pero eso es lo único bueno de esto. Tengo que ponerlo todo aquí, una especie de «Querido Diario», de lo contrario me volveré loco, sé que lo haré. Oh, Dios mío, ¿por qué me hice cargo de esto? Oh, mi pobre Jadwiga. Lo siento mucho, mi amor.

Al principio todo fue muy bien. Los asientos de los extremos estaban ocupados por un grupo de unos seis niños y sus dos cuidadoras adolescentes. Las chicas estaban risueñas y charlando todo el tiempo y revisando sus teléfonos en una orgía de distracción. Dos personas menos propensas a darse cuenta de las cosas o a actuar como testigos fiables sería difícil de encontrar. Incluso tuve tiempo de quitar las tiritas transparentes para facilitar la huida discreta, sería muy sencillo escabullirse de la carpa en medio de la confusión.

Heathcliff estaba en su mejor momento demoníaco durante su acto lanzando esas pesas. Entonces las ruedas y las puertas salieron volando del coche en el momento culminante. Gritó y salió del vehículo que había explotado sobre el aserrín, agitando enérgicamente sus alargadas zapatillas de payaso. Se dirigió a la parte trasera de la carpa agitando los brazos como si estuviera distraído y ciego entre el humo.

Al abrigo del morral que tenía sobre el regazo, especialmente adaptado para ello, estabilicé la ballesta oculta con su cerrojo para el disparo. La línea de visión era ideal, la había practicado a la perfección.

Hubo un movimiento borroso que pasó a toda velocidad por delante de Heathcliff, algo que no había ocurrido en la matiné del ensayo. Demasiado tarde para abortar el disparo. Heathcliff giró la cabeza de repente para ver a Jadwiga en un monociclo que pasaba a toda velocidad por delante de él hacia el centro de la pista del circo. La flecha rayo pasó silbando tan cerca de él que le rozó la manzana de Adán. Sus ojos se abrieron de forma alarmante. La flecha pasó junto a él y se clavó hasta las timoneras en el costado de Jadwiga, justo debajo de su pecho izquierdo, atravesando su corazón.

La carpa se quedó en silencio. Entonces comenzaron los gritos.

MIGUEL

POR JACK D MCLEAN

ESTABA JUNTO A SU COCHE MIRANDO HACIA MÍ. SIN rostro a esta distancia, con el calor convirtiendo la carretera en un río brillante, el aire abrasador del desierto difuminando a él y a su vehículo en un único objeto brillante.

Nosotros dos éramos las únicas personas en cincuenta millas o más.

Siempre que estoy a solas con alguien me pregunto si eso puede suponer una oportunidad. Al acercarme a él me di cuenta de que probablemente sí.

Su coche, un Trans-Am azul, estaba estacionado en la tierra a un lado de la carretera.

Supuse que se había averiado. Al acercarme vi que parecía mexicano, como yo, lo que no me sorprendió, ya que yo estaba en ese lado de la frontera, habiendo dejado recientemente los viejos Estados Unidos con cierta prisa.

Debido a un robo que salió mal, estaba huyendo. No tenía ningún plan, pero al menos me había llevado suficiente dinero para pagar lo que necesitara en los próximos meses.

Agitó los brazos en el aire en la señal universalmente

reconocida de que quieres atención. Lo había conseguido. Puse el pie en el freno para reducir la velocidad y él bajó los brazos, apartándose de mi camino.

En el último momento pisé a fondo el acelerador, giré el volante y aceleré directamente hacia él.

Intentó huir pero su propio vehículo se interpuso en el camino. Le di un fuerte golpe y cayó al suelo. Con las nubes de polvo que levantaban las ruedas de mi coche, que giraban rápidamente, puse la marcha atrás y le aplasté la parte media del cuerpo. Era dudoso que siguiera vivo después de aquello, pero le pasé por encima otro par de veces para asegurarme. Una de esas veces le pasé por encima de la cara con la rueda delantera.

Me detuve y comprobé su coche. La llave estaba en el contacto. Cuando la giré se encendió la luz que me decía que el depósito de gasolina estaba vacío. Lo más probable es que no hubiera nada malo en el coche. Sólo había que llenar el depósito.

Abrí la cajuela, saqué mi maletín de material para robar coches y saqué el dispositivo que utilizo para desviar la gasolina. Luego saqué aproximadamente un litro de mi coche y lo puse en el suyo. Cuando volví a probar el encendido, el motor se puso en marcha.

Tras convencerme de que podía utilizar su coche, puse el resto de mi gasolina en su depósito y le vacié los bolsillos. Tenía una cartera con su permiso de conducir. Se llamaba Miguel Hernández y no era mexicano. Era americano como yo, y latino como yo. Cambié su cartera por la mía, mis llaves por las suyas. Luego vacié mi coche y puse el contenido en el suyo, y viceversa, y me fui, dejando su cadáver junto a mi coche.

Lo más probable es que lo encontraran, con la cara aplastada y la policía mexicana mirara su identificación y asumiera que era yo. Los policías tejanos no lo cuestionarían.

Estarían agradecidos de que se hubiera matado a otro delincuente y de que se hubiera cerrado otro caso.

Así que me subí a mi nuevo Trans-Am sintiéndome satisfecho. Entonces se me ocurrió que podría tener algo más que valiera la pena robar. Busqué en su cartera, encontré dónde vivía y decidí comprobar el lugar.

Significaba dirigirse al norte, de vuelta por donde había venido en la autopista 150D, hacia Ciudad de México. Pulsé «Ir a Casa» en su GPS y seguí el coche virtual que aparecía en la pantalla, hasta llegar a la tranquila calle del barrio residencial donde vivía. Cuando llegué ya era de noche, y el claro cielo nocturno era de un tinte azul salpicado de estrellas.

Era una bonita y amplia calle con grandes casas unifamiliares bien apartadas, todas ellas blancas con tejados de tejas rojas, grandes ventanas e imponentes puertas delanteras. Conduje directamente hasta la suya, girando en la entrada y estacionándome con confianza. Conduciendo su coche con mi aspecto, de noche, lo más probable es que cualquiera que mirara por su ventana me hubiera tomado por él.

Era obvio que tenía dinero y, con suerte, algo de él estaba en su casa, o alguna otra cosa que valiera la pena robar.

¿Había alguien dentro?

No había luces encendidas en la parte delantera de la casa. Busqué el bulto tranquilizador de mi pistola en la funda del hombro y, cuando me convencí inútilmente de que todavía estaba ahí, salí del coche como si fuera el dueño del lugar y me acerqué a la puerta. Entonces saqué las llaves que le había quitado y probé un par en la cerradura. La segunda funcionó y empujé la puerta para abrirla tan silenciosamente como pude y luego la cerré suavemente detrás de mí.

Encendí las luces. Pensé que era lo que Miguel habría hecho y quería que sus vecinos asumieran que yo era él.

Lo primero que hice fue correr las cortinas manteniendo la

cabeza baja para qué si alguien me miraba a través de la ventana, sólo viera mi pelo que era negro, como el suyo. Después busqué en la habitación delantera. No había nada de interés. Pero era una casa grande con varias habitaciones en la planta baja. Las revisé todas. Estaban muy bien amuebladas, pero no había nada que me pareciera lo suficientemente pequeño y valioso como para meterlo en mi coche.

Así que subí las escaleras. Pensé que era donde probablemente estaría escondido el dinero, si es que lo había. Efectivamente, había una caja fuerte que no pude abrir. Y una serie de ordenadores en un dormitorio, como se esperaría de alguien que jugara a la bolsa. O de alguien que se dedicara al lavado de dinero.

En un cajón del tocador había un par de montones de billetes de cincuenta dólares sujetos con ligas de hule. Encontraron un nuevo hogar en los bolsillos laterales de mi chaqueta. Era hora de marcharse, de dejarlo mientras estaba a tiempo. Así que salí despreocupadamente como si no tuviera mucha prisa, subí al coche y me deslicé hasta el final de la calle.

Una vez que doblé la esquina, pisé el acelerador y salí disparado de allí.

Pronto la Ciudad de México quedó atrás y me dirigí al sur, hacia Acapulco, por la carretera 95D. Parecía un destino tan bueno como cualquier otro en mis circunstancias actuales.

El hotel en el que reservé era bueno, pero no exagerado, ya que no quería llamar mucho la atención, sobre todo porque pagué la habitación con la tarjeta de crédito de Miguel. Llevé mis pocas cosas allí, me duché y luego salí a comprar algunas cosas que necesitaba urgentemente: ropa, una maleta, etc., ya que, al salir de la ciudad de la forma en que lo había hecho, no había tenido tiempo de hacer la maleta. Cuando volví a mi habitación, la puerta se cerró de golpe tras de mí, sin que yo la cerrara.

Me giré, al mismo tiempo que cogía mi pistola. Vi a dos hombres que habían estado detrás de la puerta. Uno de ellos me golpeó en la cabeza con una cachiporra. Intenté retroceder, crear espacio para defenderme, pero fue demasiado rápido para mí, y se apagaron las luces.

No estaba inconsciente, aunque bien podría haberlo estado porque me dolía mucho la cabeza y no podía hacer otra cosa que estar tumbado en el suelo quejándome.

Cuando me puse en pie no fue por mis propios medios. El comité de bienvenida me había quitado la pistola y me había levantado. Me llevaron por una escalera trasera hasta un coche estacionado, me metieron en él y partieron hacia un destino desconocido.

Resultó ser una choza de madera en el desierto.

Me sacaron del coche, me metieron dentro y me ataron a una silla de madera.

En ese momento ya era capaz de hablar.

—¿Qué-qué es todo esto?

Uno de ellos, un cabrón mexicano de aspecto sádico, con mala dentadura, cara flaca y pelo grasiento, dijo:

—Ya sabes de qué se trata, amigo. Nos envía Juan Carlos. No está contento, como sabes.

—¿Juan Carlos?

—Tu jefe. El hombre para el que se supone que estás lavando dinero. ¿Te acuerdas de él?

—¿Qué? No. Ha habido un error.

—No hay ningún error amigo, excepto el que tú cometiste. Fue un error muy grande tomar el dinero de Juan Carlos y pensar que podías salirte con la tuya. Ahora tiene que dar un ejemplo contigo para asegurarse de que nadie más cometa un error así.

—Espera, espera. ¡No soy el hombre que crees que soy!

Se rio.

—¿Has oído a este Rafael? No es quien creemos que es.

Ambos hombres se rieron.

—No escaparás a tu destino, Miguel, por muy ingeniosas que sean tus excusas.

—Pero yo no soy Miguel.

—Oh, Rafael, es inteligente, ¿eh? Pero se ha olvidado de que llevaba su identificación en la chaqueta.

—Realmente no soy Miguel.

Sacudió la cabeza.

—No importa quién seas. Tu destino está sellado. Está sellado si nos dices o no lo que hiciste con el dinero. Pero puedes hacer las cosas mejor para ti si nos cuentas todo. Tu muerte puede ser lenta y muy dolorosa, o rápida. Si nos dices lo que queremos saber será rápida. Si no lo haces...—, negó con la cabeza. Entonces retiró su puño y me dio un puñetazo en la cara. Con fuerza.

Me tomó por sorpresa. Mi cabeza se echó hacia atrás y un montón de sangre salió volando de mi boca.

—Así se siente el dolor, Miguel—, dijo. —Y es sólo el principio.

Su celular sonó. Se lo llevó a la oreja.

—¿Sí? ¿Sí? Sí, está bien. Estamos en camino.

Volvió a guardarse el celular en el bolsillo.

—Tenemos que irnos ahora, Miguel. Volveremos. No vayas a ninguna parte.

Ambos se rieron y salieron por la puerta.

No sé cuándo volverán.

Maldito Miguel.

¿Por qué me hizo esto?

Fin

SUPERANDO A JEN

POR JACK D MCLEAN

Jake_C_T Ryan@googlemail.com
08/03/2017
A: Deborah..Shine@hotmail.co.uk

Hola Deborah :,

¿Cómo estás?

He visto tu perfil de Facebook y me ha impresionado mucho.

Me llamo Jake Ryan y soy un infante de marina de las fuerzas armadas estadounidenses. He servido en varias partes del mundo y hago labores de mantenimiento de la paz en Kabul, en Afganistán.

Ahora mismo estoy de permiso en Inglaterra, en tu ciudad natal, Huddersfield, y me preguntaba si podríamos vernos.

Tenemos mucho en común y tu perfil dice que te gustaría conocer a un militar.

Si quieres saber de mí, soy un tipo honrado que nunca te defraudará.

Llevo casi 27 años en la infantería de marina, y me voy a jubilar muy pronto.

Cuando me jubile empezaré una nueva vida como civil y sería estupendo poder empezarla con una mujer como tú.

Dices que te gusta el curry. Mi comida favorita es el curry y me he vuelto aficionado a vuestras cervezas artesanales inglesas.

Adjunto un par de fotos mías. Espero que te guste lo que ves.

¿Quieres hablarme un poco de ti?
Muchas gracias, espero recibir tu respuesta.

Mis más cordiales saludos
Jake

Deborah..Shine@hotmail.co.uk
08/03/2017
Para: Jake_C_T Ryan@googlemail.com

Querido Jake:

Gracias por tu encantador correo electrónico. No sabes la

ilusión que me ha hecho recibirlo. Para serte sincera, últimamente he pasado por un momento difícil debido a la muerte de un amigo cercano, y tu mensaje me ha dado un gran impulso.

Por supuesto que me encantaría conocerte.

Aquí hay un dato interesante sobre mí : Me gustan las cervezas artesanales, especialmente la cerveza clara. Aquí hay otro: Estoy libre para reunirme durante el día, lo que sería perfecto ya que estás de permiso.

Ya que te gusta el curry, ¿qué tal si te cocino uno? Podría ir a tu casa con los ingredientes y podrías comprar algunas cervezas artesanales para acompañarlo.

Mañana me vendría bien. Podría pasarme, digamos, las 12:00 del mediodía y pasar una hora cocinando para ti. Luego podríamos comer, charlar y conocernos.

¿Qué te parece?

Y si te animas, ¿cuál es tu dirección?

Mis mejores deseos,
Deborah

Jake_C_T Ryan@googlemail.com
08/03/2017
A: Deborah..Shine@hotmail.co.uk

Hola Deborah :

Gracias por responderme tan rápido.

¡Eso sería genial!

Estoy hospedado en el apartamento 5 de Meridian House en St. George's Square.

Nos vemos mañana a mediodía.

¡¡¡Tendré algunas cervezas enfriando en la nevera!!!

Saludos cordiales y muchas gracias, ¡me has alegrado el día!

Jake

Jake_C_T Ryan@googlemail.com
14/03/2017
A: Deborah..Shine@hotmail.co.uk

Hola Deborah :

Lamentablemente, no puedo reunirme contigo hoy. Parece que estoy con gripe. Me pondré en contacto en cuanto me sienta mejor.

Con amor
Jake

Deborah..Shine@hotmail.co.uk
14/03/2017
Para: Jake_C_T Ryan@googlemail.com

Querido Jake:

Siento lo de tu gripe.

Y gracias por una tarde maravillosa. Me ha gustado mucho conocerte.

Prometí que conseguiría dinero para ti, pero no me voy a molestar. No tendría sentido. Te explicaré por qué.

También te explicaré por qué no quiero tener sexo contigo. Te dije que estaba en mi período, pero francamente, eso fue una mentira.

Deborah Shine no es mi verdadero nombre. Este no es mi verdadero proveedor de correo electrónico. Y la dirección IP que estoy usando no está conectada a mí de ninguna manera detectable.

Mi íntima amiga Jen (no es su nombre real) fue estafada por un hombre como tú. Se suicidó.

Desde entonces, mi misión personal es hacer del mundo un lugar más seguro para las mujeres, eliminando tu estirpe de la superficie del planeta.

No tienes gripe.

Has comido una buena porción de talio de cordero.

Lamento la muerte desordenada que se te avecina.

Atentamente,
Deborah

Fin

LA RATA GIGANTE DE SUMATRA Y ZACK

POR MARTIN MULLIGAN

La Rata Gigante de Sumatra, ese era su nombre en el comercio. Un nombre pronunciado en un susurro sobrecogedor. Una figura mítica que dejaba leyendas, todavía retorcidas y con sangre, en los lugares donde mataba (le gustaba trabajar con un hacha). Mitad indonesio, mitad ruso, decían que medía 1,80 metros de altura y que pesaba casi 137 kilos. En una ocasión enderezó un atizador doblado con sus propias manos delante de los invitados, junto a la chimenea de un hotel alpino de cinco estrellas, cuyo anfitrión, un oligarca ruso, fue encontrado sin cabeza en la cama a la mañana siguiente.

La Rata Gigante de Sumatra, en resumen, no era el tipo de persona con la que quieres cruzarte, y mucho menos tener que intentar «eliminarlo». Pero ya estaba bastante claro que iba a ser él o yo. Y sólo soy un niño, por el amor de Dios, ¡debería estar coleccionando Pokémon!

Retrocedamos un poco para poner esto en perspectiva. ¿Quién querría matar a un niño de 12 años, pelirrojo, pecoso y con gafas, que casualmente tiene una identidad independiente a tiempo parcial y trabaja desde casa?

Mucha gente, en realidad, si ese chico resulta ser un preadolescente obseso de la tecnología,con un coeficiente intelectual superior a 200, especializado en asesinatos confidenciales que conllevan un precio elevado. También con una red internacional y una cuenta en el exterior en las Caimán. Lo sé, lo sé. Que vengan todos esos chistes de polímatas y prodigiosos sobre el niño precoz en un entorno rural. Es aún más divertido cuando te enteras de que, aunque vive en casa con su madre, estaba recuperándose tras tener su corazón roto por una enana de circo. Pero esa es otra historia.

Todo empezó con un correo electrónico que cometí el error de abrir en lugar de enviarlo directamente a la papelera. Pero la mayor parte de mi trabajo es así, así que a veces no tengo más remedio que anular mis instintos. En fin. El remitente quería saber si podía encontrar una fuente de Mercurio Rojo. La tarifa prometida era colosal. Tenía que serlo. El Mercurio Rojo es una expresión coloquial del submundo para el combustible de las centrales nucleares desmanteladas. No tiene aplicaciones pacíficas, ni siquiera inofensivas. Debería haber tirado el correo electrónico por segunda vez cuando vi esa frase. Pero no lo hice.

Así que, de repente, estaba metido hasta el cuello en un dilema de historia criminal clásica. Como posible víctima, eso no me consoló. Había seguido una pista de trabajo que debería haber eliminado al instante. Ahora sabía demasiado y estaba demasiado metido en el asunto como para salir de él sin graves consecuencias. Consecuencias fatales, de hecho. Fatal, es decir, para mí.

Los puntos clave, entonces: Todavía tenía el corazón roto después de lo de Jadwiga; estaba tan ocupado con mi carrera criminal que eso había afectado a mi juicio; y ahora estaba metido de lleno en una organización terrorista chechena que nadie más sabía que existía. No me gustaba pensar en lo que iban a hacer con el Mercurio Rojo si de verdad se apoderaban de él. Pero la cuestión era académica. Mi energía se centraba en salir de este problema atómico vivo y de una pieza. No es un asunto sencillo cuando te enfrentas al depredador de emboscadas más temido del negocio. Por supuesto, entre bastidores, también estaba mi compleja vida familiar y escolar. Pero ya llegaremos a eso.

La noticia de que la Rata Gigante de Sumatra venía a matarme se filtró por accidente. Fue sólo una extraña casualidad que me enterara de ello, antes de que acabara como sus innumerables víctimas, otra mosca salpicada en el parabrisas de un camión a toda velocidad.

Sucedió así. Un informante alcohólico convertido en superhéroe,Stoyan Stoyanovich era su alias, lo había utilizado una vez en un trabajo en Sofía, me llamó desde una bodega en algún lugar de los Balcanes. Hablamos sólo unos 90 segundos, pero me temblaba la mano cuando volví a meter el celular en el bolsillo. Así que eso fue todo. Le habían dado a la Rata Gigante de Sumatra mis «datos de contacto». Incluso le habían transferido el dinero del encargo por adelantado.

Para que te hagas una idea de por qué me tiemblan las manos, aquí tienes una de las historias que circulan sobre la Rata Gigante. Es el tipo de cosas que la gente de mi trabajo chismea a veces mientras se toma una copa a altas horas de la noche en el vestíbulo de un hotel de Manila o en un bar de Chicago.

Cuando aún era un ladrón novato, el joven e imberbe Rata Gigante de Sumatra recibió un rol de apoyo en un golpe a un capo en un restaurante de Little Italy en Manhattan. Debía actuar como vigía y conductor en la huida. Pero un aviso hizo que el capo y su gente esperaran al escuadrón de asalto cuando irrumpieron en el concurrido restaurante a la hora del almuerzo. Todos los miembros del escuadrón murieron horriblemente en el acto. Mientras tanto, tres miembros de la banda del capo, todos ellos con pistolas, tendieron una emboscada al joven Rata Gigante más arriba, mientras éste esperaba al volante del coche para huir. Cometieron el error de pensar que, como sólo era un niño, aunque muy grande,, podían detenerlo para interrogarlo. Se bajó del coche con las manos en alto, sacó la barreta que llevaba escondida en la manga y les rompió la cabeza a los tres asaltantes. Los dejó en la acera con el aspecto de los Tres Cerditos.Tres dobles de Piggy, es decir, del Señor de las Moscas. Se entiende la idea. El resto de su carrera había cumplido ampliamente con las primeras promesas que mostró este episodio. Ahora entiendes por qué estaba nervioso.

Haciendo un recuento de los pros y los contras, me pareció que una de mis escasas ventajas era que la Rata Gigante de Sumatra iba a llamar la atención en mi adormecida y verde aldea rural. No le sería fácil acercarse a mí sin llamar la atención. Así que tendría que ser rápido y casi seguro disfrazarse. En cierto modo, era de risa. ¿Cómo puedes disfrazarte si resultas ser un hombre corpulento, como un tanque, con las dimensiones de un luchador de sumo, que trata de mezclarse de forma plausible en un próspero entorno suburbano del sur de Inglaterra? Un lugar repleto de cafeterías artesanales y tiendas de carnes frías ecológicas, zonas verdes de pueblos, plazas empedradas, galerías de arte e iglesias antiguas de color miel. Iba a ser fascinante averiguarlo, aunque venía expresamente a matarme.

Me ayudó el hecho de que estuve fuera de la escuela durante unos días por una de mis «dolencias misteriosas». Para dedicarme a la vida secreta de un «limpiador» que opera a través de la web oscura, tengo que faltar a la escuela con bastante frecuencia. Esta fue una de esas veces. También jugó a mi favor el hecho de que mi madre estuviera fuera durante dos noches en una conferencia de Grandes Diseños en Londres, lo que me dejó momentáneamente como un niño desatendido. Todo eso me venía muy bien. Pero el viernes tenía que volver a las aulas o habría problemas con las autoridades escolares. No podía permitir que eso sucediera. No puedo permitir que la gente investigue demasiado mi estilo de vida. Además, mi madre no estaba para hacerme sándwiches. Así que el viernes, cuando la Rata Gigante aún no había hecho su movimiento, una combinación de aburrimiento y hambre me llevó de vuelta al recinto de la escuela.

Sonó el timbre de la hora de comer escolar. Nunca fue una ocasión que me gustara, pero había estado viviendo durante casi toda la semana a base de Shreddies y sándwiches de ensalada y crema. Me dirigí al comedor. Mesas plegables, platos hondos y superficies resonantes, todo muy bien iluminado. No era un entorno que me apeteciera ocupar, ya que había soportado demasiadas comidas mediocres y enfrentamientos de estudiantes en ese lugar a lo largo de los años. Pero me encogí de hombros con mi tosca americana negra y me puse en la cola para el pastel de requesón en el primer pasaplatos.

El chico que estaba delante de mí era un antiguo cutre de sexto de primaria que se gustaba a sí mismo. Estaba teniendo una especie de intercambio, cargado de insinuaciones, con una dama de la cena que se reía y llevaba demasiado maquillaje. —Me gusta una tarta de vez en cuando—, le decía sonriendo, —una tarta de crema, por supuesto. Pude ver claramente a la mujer con la que hablaba a mi derecha. Su tonto intercambio me distrajo por un momento para no mirar de frente a la otra cocinera que estaba directamente frente a mí en el pasaplatos.

Cuando giré la cabeza, con la intención de pedir la tarta de requesón (no la pasta), no vi ninguna cara, sino sólo un cordón colgando a la altura normal de la cabeza. Llevaba un broche de identificación y las palabras Matilda Briggs Personal de Suministro de Comida.

En ese horrible momento, antes de estar seguro, mientras leía el cordón de plástico que colgaba del cuello de la enorme figura y estiraba el cuello para verle la cara, salté reflexivamente hacia atrás. Fue un movimiento que me salvó la vida. Una cuchara afilada como una pala hendió el aire como una guadaña en el lugar donde había estado mi cabeza hace sólo un nanosegundo.

Me quedé mirando a la cocinera más grande y voluminosa que jamás haya visto, con un delantal blanco almidonado con la circunferencia de un iglú. El pelo rubio en tirabuzones se derramaba sobre los hombros sorprendentemente anchos de la figura. Los ojos estaban casi ocultos bajo un flequillo del mismo material.

Sí, la Rata Gigante de Sumatra, de aspecto rabioso y con peluca, se preparaba para lanzarse a través del pasaplatos de servicio para aplastarme en un abrazo de oso pardo.

Tenía que ganarle la batalla de alguna manera. Me lancé al pasaplatos y vi que un parpadeo de sorpresa cruzaba la cara de mi corpulento agresor. Esperaba que huyera. En lugar de eso, salté ágilmente por el pasaplatos, rozando su muslo de hipopótamo al pasar para aterrizar a un metro de su espalda, antes de que tuviera tiempo de girar.

Buscando a tientas en mi reloj de pulsera, conseguí desplegar el garrote de acero de tungsteno unido al botón de cuerda del reloj. De repente, todas las burlas de mis compañeros sobre mi reloj de Mickey Mouse valieron la pena. Me había costado una fortuna encargarlo a un especialista ilegal, pero siempre había sentido en mis huesos que un día de estos me compensaría a lo grande.

De un nuevo salto conseguí pasar el garrote del reloj por encima de su cabeza de calabaza y rodear su cuello en forma de columna. Entonces fue todo lo que pude hacer para mantenerme en mi sitio sobre su espalda mientras el cable lo hería profundamente y él empezaba a agitarse y sacudirse como un enorme pez espada.

Oh, era un luchador gigante. Se zambulló por el pasaplatos de servicio conmigo en su espalda. Debíamos parecer algo sacado de una versión de Disney de Jonás y la ballena. El garrote se apretaba y ya empezaba a dolerme las muñecas y los brazos. Aterrizó a cuatro patas con un bramido de dolor y rabia de gigante, se levantó y pasó como una quitanieves por las mesas del comedor, desparramando platos de pasta y tarta de requesón en todas direcciones, entre gritos y alaridos. De alguna manera, yo seguía aferrado a su espalda como un jinete de rodeo infantil. Pero no podíamos seguir así, era ridículo.

Vi a la directora de la escuela entrar en la sala con la boca en forma de «O» y las manos en la cara. La Rata Gigante de Sumatra pasó por delante de ella, y yo quedé oculto como una lapa en su ancha espalda. Golpeó con el hombro un pilar de la recepción y soltó otro rugido de dolor. Yo me hice eco de él, ya que el pilar me dio un golpe seco en el lado izquierdo de la cabeza al pasar.

El impacto me sacudió, con las manos entumecidas por agarrar el reloj-garrote de Mickey Mouse que había dejado una herida que derramaba una fina cortina de sangre desde el cuello y la garganta de la Rata Gigante. Abrió de golpe las puertas de la entrada de la escuela y subió como un elefante macho con un delantal blanco almidonado. Luego desapareció por la puerta principal, fuera de la cual la policía encontró más tarde una enorme peluca rubia.

Había preguntas, por supuesto, un sinfín de preguntas. En la confusión, lo único que se había visto era que yo parecía saltar a la cocina por el pasaplatos de servicio. Luego, un enorme loco arrasó con el comedor. Otros niños habían sido apartados y habían entrado en pánico por la estampida de la Rata Gigante. Algunos de ellos estaban histéricos y volubles, quitándome el protagonismo a mí. Ese llorón de Adrian Gapper-Johnson, por ejemplo, fue un regalo del cielo. Estaba cubierto de moretones, salsa y carne picada y gritaba pidiendo ayuda a su madre mientras la mujer policía intentaba calmarlo.

Le dije a la directora y a la policía que sólo me había aferrado a la manga del «hombre desagradable», aprovechando todo lo que valía esa fantasía infantil del héroe del Club de los cinco, sólo me faltaba el perro Timmy de apoyo. A nadie se le ocurrió relacionarme con el episodio de manera más profunda porque no tenía sentido a menos que se conociera mi vida secreta. En cambio, todo el mundo estaba profundamente preocupado por mí. Pude hacer una montaña del bulto de la sien izquierda. La piel se había desgarrado y tenía un aspecto impresionante. De todos modos, me sentí aliviado cuando finalmente me enviaron a casa en el coche de policía y me dejaron saltarme las clases de la tarde, ukelele e informática.

El lunes por la mañana, cuando nos presentamos en la asamblea, en el tablón de anuncios de la recepción había un dibujo policial muy inepto de la Rata Gigante. El hecho de haberle hecho un rasguño sólo empeoró las cosas, pensé. En mi trabajo, nunca es buena idea hacer daño a lo que no puedes matar. Ahora estaría más enfadado. Tal vez eso nublaría su juicio y estaría a mi favor. Pero necesitaba apoyo, eso era seguro. Así que era un buen momento para llamar a Bob el Gafe.

Bob el Gafe dirige un almacén de fontanería en un pueblo vecino, a unos seis kilómetros de distancia. En cuanto terminaron las clases, me dirigí a él con mi bicicleta todoterreno. Tengo un modelo con cuadro de carbono que es robusto pero ligero y es mi principal medio de ejercicio y transporte, así que soy bastante ágil con ella.

El timbre de la tienda sonó con un tintineo anticuado cuando pulsé el botón de latón junto a la pesada puerta de roble. Después de un largo momento, mientras la cámara oculta me escaneaba, Bob el Gafe me dejó entrar. Hoy en día no se puede ser demasiado cuidadoso en su oficio, para el que la pantalla de fontanero-mercenario es el camuflaje perfecto. Bob el Gafe es el tipo al que acudir cuando tienes un problema como el que yo tenía. Chaleco antibalas, armas automáticas, equipos de vigilancia, minas Claymore; lo que sea, Bob el Gafe lo conseguiría, si no lo tuviera ya. Y te lo vendería por un precio desorbitado. En resumen, entendía y me gustaba el tipo. Bob el Gafe fue quien me había proporcionado mi reloj-garrote de Mickey Mouse.

Bob el Gafe estaba ocupado soldando algo en un torno de banco en el fondo de su polvoriento y sombrío taller. Se levantó la visera y se quitó la gorra de béisbol invertida para limpiarse la frente cuando me acerqué.

—Hola, Bob—, dije.

—Zack. Cuánto tiempo. ¿Cómo va todo?

Le hablé a grandes rasgos de la Rata Gigante de Sumatra y de mi «situación». Silbó suavemente al mencionar al célebre asesino. Le dije a Bob el Gafe que necesitaría unos cuantos artículos, uno o dos de ellos personalizados. Es muy fiable en un apuro. Me escuchó atentamente, tomó algunas notas en una tableta y me dijo que volviera en un par de horas. A las siete de la tarde, estaba de vuelta en casa con los artículos necesarios que Bob el Gafe me había proporcionado en un saco incómodo, anguloso y muy pesado.

Mi plan requería que la próxima vez que la Rata Gigante intentara matarme fuera después del anochecer. Para ello, empecé a pedalear de noche en mi Avenir Voodoo AT20 Series, asegurándome de que mis luces y reflectores rojo rubí se vieran por todo el pueblo. Se convirtieron en algo habitual. Otros chicos también salían, algunos de ellos también en bicicleta, lo cual era bueno. Yo seguía siendo visible, pero no parecía un señuelo humano. Sin embargo, un cebo irresistible para la Gran Rata de Sumatra es precisamente lo que pretendía ser.

Al este del pueblo, justo al lado del profundo y caudaloso río Iris, hay un polígono industrial que alberga unidades de almacenamiento y algunas oficinas de empresas locales: una imprenta; un almacén; oficinas en alquiler, ese tipo de cosas. Un típico parque científico rural. Un páramo postindustrial sin alma, uno de esos lugares intermedios que nadie visita por la noche o el fin de semana. Llegué allí poco después del anochecer y me puse a trabajar en un talud de hierba oculto por arbustos de espino que conducía de forma empinada, con una caída casi vertiginosa, al río.

Todo ello requirió un poco de preparación. Era fundamental que no se viera nada desde la esquina de la calle a cien metros de distancia, por muy bruscamente que el conductor tomara la esquina. Estaba trabajando con una linterna, y eso hacía el trabajo mucho más difícil de lo que hubiera sido a la luz del día. Pasaron un par de horas más o menos antes de que estuviera completamente seguro de que el dispositivo y sus accesorios que Bob el Gafe había fabricado y preparado para mí estaban correctamente configurados e instalados. Volví a casa, entonces, para terminar mi tarea y comer una comida mexicana con mi madre. Ya había regresado de su conferencia en Londres y habló sin parar durante la cena antes de acostarse temprano.

Durante cuatro tardes como ésta, recorrí Wychwode en bicicleta en cuanto se encendían las luces de la calle y descendía el crepúsculo. Nada. Empezaba a preguntarme si había calculado mal. Entonces, el viernes por la noche, ocurrió algo.

Estaba demasiado lejos del sitio que había marcado para mis defensas, realmente, y casi me cuesta la vida. Tal vez estaba empezando a dudar de mi propio plan o simplemente estaba perdiendo el ánimo tras la larga espera. Pedaleando por un terreno fangoso al oeste de Wychwode, me estaba preparando para dar por terminado el día y abandonar mi papel de señuelo. Entonces la escuché: una sirena, a cierta distancia. La sirena de una ambulancia. Oh-oh. Sabía lo suficiente sobre su modus operandi y su linaje de conductor criminal como para unir los puntos de inmediato.

Empecé a pedalear como un loco en dirección contraria, lejos del ruido de la ambulancia. Me dirigía directamente al parque científico del pueblo del este. La sirena era ahora más fuerte. Además, ya era de noche y había empezado a caer una fina llovizna mientras tomaba la larga carretera de curvas hacia el polígono industrial y pasaba a marchas forzadas por la mini glorieta. Calculé que la sirena estaba a sólo un minuto de distancia. Me giré para arriesgarme a echar un vistazo.

Efectivamente, una ambulancia blanca y verde con luces intermitentes hacía sonar su estridente nota a unos 30 segundos detrás de mí. Estaba demasiado lejos para saber quién iba al volante, pero no hacía falta que me lo dijeran. Esto tenía la firma de la Rata Gigante de Sumatra por todas partes. Si resultaba no ser él, tendría que asumir el mal karma de lo que ocurriera después; la situación no me dejaba otra opción. Pero en mi corazón sabía que era él. Lo sabía con la absoluta certeza de alguien atrapado como un cepo en una trampa.

La llovizna constante impedía la visibilidad, difuminando todo tras una cortina nebulosa en el resplandor sódico de las farolas que se diluían más cerca del polígono industrial.

Todo dependería de mi sincronización. La Rata Gigante sólo podía tener una visión borrosa de mí y de mi bicicleta desde atrás mientras yo giraba bruscamente a la izquierda y me precipitaba fuera de la carretera hacia el seto de espinos y la pendiente.

Me incliné hacia una rampa para patines que hizo que la bicicleta se alejara de mí, dejándola ir hacia donde fuera, programando mi propio derrape de águila abierta para enterrarme profundamente fuera de la vista de la carretera entre los troncos de los espinos. Estaba a unos 20 metros de donde había colocado la trampa. Si el conductor de la ambulancia frenaba de golpe ahora, significaría que la Rata Gigante me había localizado claramente a pesar de la lluvia y la oscuridad. Entonces se acabaría el juego y yo estaría acabado.

La ambulancia pasó disparada, con la sirena aún encendida. ¡No me ha visto! Había mordido el anzuelo. Tal y como había planeado, la ambulancia pasó a toda velocidad por delante de mí en mi escondite y se dirigió hacia el reflector rojo y parpadeante del trípode camuflado que Bob el Gafe había diseñado a medida según mis especificaciones, colocado con tanto esmero en los arbustos de espino de la ladera del río. Conduciendo a toda velocidad en la lluviosa oscuridad, la Rata Gigante creyó ver todavía mi faro trasero. Se había desviado repentinamente de la carretera, maldiciendo horriblemente, sin duda, para aplastar y aniquilar a la bicicleta y al ciclista.

Escuché el golpe sordo de la Claymore al dispararse la

ambulancia a través de la pantalla de arbustos, llevando consigo en un guardabarros el reflector que se parecía a mi luz trasera.

La última erupción de la mina se llevó por delante el parabrisas y la mayor parte del costado del conductor, ametrallando la cabina del conductor con un granizo mortal y una fuerza que inclinó la ambulancia de lado en el aire.

El gran vehículo blanco describió un arco perezoso en la noche, los faros acariciando por un segundo el río que había debajo. Esas oscuras y profundas aguas mortales. Esas temibles aguas fatales que ahogan a las ratas. La sirena se silenció repentinamente cuando la fuerte y perezosa corriente del río tomó la ambulancia que se hundía en su silencioso abrazo de frío.

Los murciélagos revoloteaban, los ratones de campo parloteaban junto a las aguas del río Iris, sus aguas frías, más frías, más frías a medida que la Rata Gigante descendía a su descanso. Los faros se atenuaron, luego se apagaron, y todo quedó en silencio, salvo un último gorgoteo sordo y pesado cuando el vehículo se hundió hasta perderse de vista bajo el agua, con un descenso marcado fugazmente por un vórtice metálico y aceitoso.

La Rata Gigante de Sumatra no murió esa noche. Pero sólo en el sentido de que una leyenda nunca muere. El cadáver de un infame asesino indonesio-ruso fue recuperado de los restos de una ambulancia robada cuando salió a la luz semanas después. Hoy en día, las historias que cuentan mis compañeros en los bares, desde Singapur hasta Chicago, son sobre mí.

Fin

JUSTICIA

POR JACK D MCLEAN

MI JUICIO LLEGA LA SEMANA QUE VIENE Y PODRÍA enfrentarme a una sentencia de cadena perpetua. Mi hijo está muerto de preocupación, pero yo no. No puedo esperar a ver a ese bastardo de Sykes en el tribunal testificando contra mí, contándole al mundo lo que le hice. No puedo esperar a ver su cara cuando termine y se dé cuenta de lo que he hecho.

Soy un empresario jubilado. No debería haberme visto arrastrado a cometer un delito a mi edad, pero cuando murió mi nieto, no tuve elección. Sólo tenía cuatro años.

La esposa estaba destrozada y, en cuanto a mi hijo, Alan, y mi nuera, Beth, nunca lo superarán.

¿Has visto alguna vez el ataúd de un niño? Son tan pequeños. Te rompe el corazón, de verdad.

Fue cómo murió el pequeño Eddie lo que me afectó más que nada.

Iba en su triciclo cuando un camión se acercó a la carretera y tomó la curva demasiado cerrada. La rueda trasera se subió al pavimento y atropelló a mi pequeño Eddie. Se golpeó la cabeza al caer y nunca se recuperó.

Las personas que vieron el accidente dijeron que el conductor, Harry Sykes, se rio cuando se dio cuenta de lo que había hecho.

Fue procesado por ello, y dijo que lo sentía, pero que sólo era un acto. Puede que haya engañado al juez, pero no a mí. Sabía que lo decía sólo para librarse, y funcionó.

La fiscalía acusó a Sykes de causar la muerte por conducción negligente. Debería haber sido asesinato si me preguntas.

Era su primer delito, por lo que se le suspendió la pena y salió del tribunal como un hombre libre.

¿Qué clase de justicia es esa?

Debería haber sido golpeado durante años.

Así que decidí hacer algo al respecto.

Tuve unas palabras con la esposa. Acordamos que debía tomarme la justicia por mi mano.

Pero no lo hablé con mi hijo. No lo habría entendido. Alan es una persona muy diferente a mí. Yo he tenido que salir de la cloaca para salir adelante y él ha tenido todos los privilegios desde el primer día.

Cuando crecía, le proporcioné un techo caro, me aseguré de que tuviera buena comida y le pagué la mejor educación posible. Fue a la universidad y se convirtió en un exitoso abogado. No sabe nada de los sacrificios que he tenido que hacer por él. Renuncié a todo por mi familia, incluso a algunos escrúpulos en el camino.

Una vez que decidí vengar la muerte de Eddie, salí y traje un arma. Un revólver del 38 de punta roma, un verdadero especial de sábado por la noche.

Cuando me enfrenté a Sykes en la calle, intentó utilizar a su novia como escudo.

—Sé un hombre—, dije acercándome y apoyando la pistola contra su sien.

Pero se acobardó como una niña asustada, se puso de rodillas y pidió clemencia.

—Por favor, no sé por qué haces esto, déjame vivir.

Es por mi nieto, Eddie. El niño que mataste. ¿Lo recuerdas?

Me agaché, puse la boca del cañón en su muslo y apreté el gatillo.

Se oyó un ruido ensordecedor al disparar el arma.

La bala le destrozó el fémur. Cuando retiré el arma, tenía un gran agujero en el costado de la pierna del que salían volutas de humo.

Muy desagradable.

Su novia gritó y él gritó aún más fuerte.

—Te lo mereces, cabrón, le dije.

Me volví hacia su novia.

—Lo siento, querida—, dije. —No quería arrastrarte a esto, pero no tenía otra opción. Si fuera medio hombre no te habría utilizado como escudo y no habrías tenido que ver esto. Deberías terminar con él. Ya has visto cómo es. No es bueno.

Puse la pistola en mi cintura y me alejé.

No pasó mucho tiempo antes de que los policías vinieran a mi choza y me arrestaran.

Me acusaron de causar daños corporales graves. La sentencia por eso es casi tan mala como la del asesinato. Así que en cierto modo podría haber matado a Sykes. Pero quería que viviera, que sintiera el dolor que yo sentía.

No negué la acusación. ¿Cómo podría hacerlo? Lo hice a plena luz del día en la calle principal. Mucha gente me vio y se grabó en vídeo.

Ha sido duro para mi hijo, por supuesto.

—Papá, ¿cómo pudiste?— Dijo. —¿Por qué te tomaste la justicia por tu mano? Deberías saberlo mejor que nadie. Solías ser un respetado hombre de negocios. He perdido a Eddie, y ahora voy a perderte a ti. Te encerrarán por esto.

—Lo siento, hijo—, dije. —No te preocupes. Conseguiré un buen abogado. Me sacará de aquí.

—No sabes de qué estás hablando. Es un caso abierto y cerrado. Te enviarán a la cárcel durante años.

—Supongo que tienes razón.

Pero yo sabía que no la tenía.

Verás, mi línea de negocio era la extorsión y el chantaje, utilizando la violencia extrema como medio de persuasión.

Y para cuando mis compañeros terminen con el jurado, me darán una medalla, ni hablar de dejarme libre.

Fin

SEGUIR ADELANTE

POR MARTIN MULLIGAN

LA MAYORÍA DE LOS MARTES POR LA NOCHE ME GUSTA volver a ver el vídeo de nuestra boda. La moda ha cambiado mucho en 30 años. Aquellos peinados con bucles de los hombres y las mujeres en los años ochenta. Por supuesto, casi todos los que aparecen en el vídeo han muerto. O son amigos con los que hemos perdido el contacto hace tiempo. Incluso los coches estacionados fuera de la iglesia parecen extraños desde esta distancia en el tiempo. Uno de mis tíos, Ben, se presentó con el cuello abierto y tuvo que sacarme una corbata. Luego condujo a unos 30 km/h en un Ford Fiesta hasta el lugar de la recepción, provocando un atasco de media milla en la concurrida carretera A. Como novios nos fuimos, con chófer, en un Hispano Suiza blanco de época que había pertenecido al archiduque Francisco Fernando.

No sé cómo se me ocurrió la idea de que sería bueno quemar las cosas hasta los cimientos. Para empezar de nuevo desde las cenizas del mundo. Pirómano. Qué hermosa palabra.

Me gusta la chica de la cafetería artesanal aquí en Wychwode. Tiene el pelo largo y rubio con bucles y un acento extraño. Su placa tiene el nombre de «Matilda». La semana pasada incluso me dio una segunda taza gratis. Resultó ser un error y al final la pagué de todos modos. Pero, aun así. El resto del personal detrás del mostrador son todos unos don nadie. Pero me gustó mucho que me trajera un segundo café mientras estaba sentado viendo a los transeúntes en la calle iluminada por el sol desde mi asiento habitual de la ventana.

Estaba leyendo sobre pinturas y disolventes y tomando notas. Es fácil mezclarse allí con todos los tipos con gafas que trabajan en sus portátiles y piden otro café con leche desnatada de vaso alto y un croissant.

De vuelta a mi casa desde la cafetería, me pasé por Red Kite Vaults, la vinatería del pueblo que dirigen Derek y su ayudante Jack. Su relación siempre me hace gracia. Derek es el propietario australiano y único dueño de Red Kite Vaults. Siempre se refiere a Jack,a espaldas de Jack, por supuesto, como «Jack, el que *trabaja* aquí». Pero a mí me gusta Jack, un pequeño y dócil hombre de familia con grandes ojos marrones como los de una marioneta. A Jack le encanta salir de vez en cuando a comprar vino a Francia o Italia. Creo que me va a resultar bastante difícil cuando llegue el momento de echar gasolina en su buzón.

Nunca te lo esperarías, nunca esperarías esto, ser catapultado de repente a la vida de una novela de Balzac, como un anciano avaro en su lecho de muerte rodeado por los buitres de sus familiares y supuestos amigos y colegas, incluso desconocidos, todos dando vueltas, casi puedes oír sus garras chasqueando, sus picos chasqueando. Todo por el efecto Pata de Mono, cuando tu pareja muere, las políticas se revisten, todo cambia. Vale más muerto que vivo: ese viejo cliché. Pero en realidad no es un cliché, es más bien una verdad cansada con la repetición que está surgiendo todo el tiempo en nuestra sociedad, la forma en que vivimos ahora. Tampoco es útil negarlo, pretender que las cosas, que las personas, sean de hecho mejores de lo que son. Es mejor aceptarlo, no luchar contra ello, dejar que surja en la conciencia en toda su dolorosa fealdad, simplemente permanecer con él, observando. «*El camino del guerrero implica caminar por el filo de la navaja*», como dicen en esas páginas web de motivación. *Los sentimientos, sólo son sentimientos*. Pero sentarse con los sentimientos puede ser la tarea más difícil del mundo.

Otra cosa: ¿por qué algunas personas nunca se incendian? Nunca se despiertan. Se contentan con mirarte con desprecio, incluso con la boca abierta, cuando haces una observación importante. Niveles: es como si todo fuera una cuestión de *niveles de conciencia*. Y algunas personas, por razones que no están claras, están atascadas en un determinado nivel, sumidas en la ignorancia, inertes, paralizadas, incluso. Incompetentes, derrochadores, inadecuados. Son un lastre para la energía y la perspicacia de los demás: ese pequeño número de despiertos. Reza, lee, retírate, guarda silencio, estate en paz. Y quema cosas.

Ten mucho cuidado de no salpicarte los dedos con el disolvente cuando prepares el encendedor. La mejor «superficie» para ello es un algodón esponjoso. Esos discos removedores de rímel son demasiado finos y absorbentes; la llama no se absorbe de la misma manera. Utiliza un destornillador para hacer palanca en la tapa de la pequeña lata de pintura del modelista, estas queman mejor en mi experiencia. Cuando estés seguro de que el algodón está suficientemente empapado en la pintura, enciende una cerilla y préndela. Saldrá mucho humo blanco. El humo es cómo firmamos nuestro trabajo.

¿Quiénes fueron los más grandes iniciadores de fuego de la historia? Sin duda hay que contar con los Primeros Hombres, aquellos proto humanos que asaban a los mamuts hasta la muerte en un pozo apilado con matorrales y maderas para tal fin. ¿Podemos llamar a Nerón un iniciador del fuego? ¿O sólo tocó el violín mientras Roma ardía? Los nazis quemaron el Reichstag y culparon a un idiota. El Gran Incendio de Londres no fue un incendio deliberado, pero el alcalde se negó a derribar las casas que habrían impedido su propagación, lo que le convierte en un amigo del fuego, por así decirlo, aunque no sea un incendiario en toda regla.

Luego estaban los pilotos de los bombarderos que destruyeron Dresde. Cientos de civiles se acurrucaron en los sótanos para evitar la sofocante tormenta de fuego que ardió durante días. Y los pilotos fascistas en España en 1937 que bombardearon y ametrallaron a los bomberos que luchaban contra las llamas en Barcelona y otras ciudades españolas. *Neeeeeee-oooowwmm. Buddahbuddahbuddah.* Mira, hay uno que se balancea en lo alto de una escalera con su manguera de incendios. Déjenmelo a mí. *Gottim.*

La historia de los hombres encendiendo fuegos es la verdadera historia del Hombre, una gloriosa saga de creación y destrucción. Fénix surgiendo de las cenizas por siempre y para siempre. Amén. Quiero que mi nombre se inscriba con letras de fuego en la lista de héroes de ese Libro de Fuego.

La Posada Wychwode, la Galería de Arte en la plaza del pueblo y San Miguel, cada uno de ellos plantea un problema particular;además del problema de que me gustan algunos de sus ocupantes, es decir.

Por ejemplo, el Wychwode. Allí tienen un perrito que se llama Patchy, un terrier. Puedes lanzar una lima o un limón y él lo recuperará, sin importar lo lejos que rebote en el oscuro interior del bar. Patchy puede saltar tan elegantemente sobre un taburete de la barra desde que está de pie en el suelo que uno juraría que ese perrito es un maestro de la levitación. Nunca he visto nada parecido. Pero su dueño, el tabernero del Wychwode,cuyo nombre me niego a dar, es un bravucón. Sólo puedo esperar que en el momento crítico Patchy no esté encerrado en casa.

En cuanto a la Galería de Arte en la plaza frente a la iglesia, que tendrá que irse sólo porque el llamado arte en el interior es tan malo. No es nada personal contra los propietarios, pero de verdad. Esos acrílicos y acuarelas son tan anodinos que resultan ofensivos. Fin de la historia.

San Miguel y Todos los Ángeles y su clero son otro caso especial. Es evidente que el sacerdote ha perdido la fe, si es que alguna vez la tuvo. He escuchado demasiados de sus sermones sin vida en ese sombrío y frío interior de piedra. Casi puedo escuchar la hoguera que ya consume su iglesia. Pero técnicamente la iglesia plantea mi problema más difícil. Esas pesadas puertas actúan como un completo freno al fuego y no hay otra forma de entrar. Sólo un asalto frontal para romper esas pesadas y antiguas puertas de madera tiene alguna posibilidad de éxito. No hay otro acceso al lugar. Esto requerirá una cuidadosa reflexión.

La agente Isabel Archer fue la primera en llegar a St. Michael's durante los incendios provocados en serie en el pueblo de Cotswold. Sólo se alegró de que nadie hubiera muerto en los incendios, aunque un hombre estaba en cuidados intensivos. También se sintió aliviada de que su traslado desde la Unidad de Pedofilia hubiera ido tan bien. Un caso como éste era mucho más de su gusto.

El párroco y su angustiada esposa e hija constituían un espectáculo desolador, acurrucados y lamentándose a intervalos en la plaza del pueblo.

En el Wychwode, el caso era diferente. El dueño del Wychwode ya estaba en el hospital. Pero su perro había escapado a los daños, evidentemente: el pequeño terrier ladraba emocionado al agente de policía que lo llevaba a una camioneta policial cercana.

Una testigo de edad avanzada, una señora de casi 70 años que todavía enseñaba la Técnica McTimony y que parecía mucho más joven que su edad natural, tenía una descripción bastante completa del incendiario. Ellen Varney, de 77 años, describió a un hombre de mediana edad con un traje blanco, gafas negras y un sombrero de color cereza vivo, que caminaba a paso ligero y decidido, pero con calma y sin ningún tipo de pánico, enfatizó; alejándose del fuego crepitante de la escena del crimen y de las ventanas que estallaban con percusión.

La señora Varney había salido a dar un paseo matutino por el pueblo. En su camino de vuelta había pasado por la iglesia en llamas y por el bar que se estaba incendiando en ese momento, cuando el humo empezaba a salir del segundo piso. Los residentes del otro lado de la calle ya habían dado la alarma.

Fue después de tomar la declaración de la vigorosa señora mayor cuando la DC Bryant vio la cámara de CC a la altura del canalón en la fachada de la barbería. Tomó nota de que tenía que hablar con el propietario de la barbería.

Relato de un fisgón, según lo contado a la policía:

Se observó al sospechoso salir de su casa poco después del amanecer. Llevaba un traje blanco o un overol y un casco de moto rojo. Cruzó la calle hasta su garaje adyacente y condujo su BMW de segunda mano hasta la carretera. Luego entró en su casa y salió unos minutos después arrastrando un colchón. Lo metió en el asiento delantero del copiloto y cerró la puerta con los hombros tras una ardua lucha con el voluminoso colchón. Luego rodeó la parte delantera del coche y se sentó en el asiento del conductor. Sentado, se puso unas gafas de sol. Se alejó lentamente, girando a la derecha al final de la calle, subiendo por la calle principal hacia el extremo norte del pueblo.

Imágenes de la cámara de vídeo de la barbería turca:

Nota: El Sr. Kemal Ahmet instaló una cámara en el exterior de su peluquería para hombres después de varios episodios en los que su flamante Aston Martin fue objeto de vandalismo por parte de jóvenes locales. La zona del estacionamiento sobre la que enfocó el objetivo de su cámara de seguridad incluía gran parte de la plaza del pueblo en su ámbito más amplio, aunque gran parte de la grabación es borrosa e confusa. El ángulo de la cámara desde la Barbería Turca fue una feliz oportunidad para los investigadores de la policía, uno de los cuales tuvo la brillante idea de seguir la pista en la escena del crimen una vez que la plaza hubiera sido cerrada por los forenses.

El desaliñado BMW rugió por la plaza como si viniera de la dirección del cooperativo. Se dirigía directamente a las puertas de la entrada principal de la iglesia de San Miguel y Todos los Ángeles, cerrada a esta hora del día. Justo antes del impacto, se pudo ver cómo el conductor con casco se lanzaba de lado hacia el espacio para las piernas del lado del pasajero. El capó del coche golpeó las pesadas puertas de madera con un estruendo ensordecedor y un fuerte crujido. Astillas de madera y fragmentos de cristal de los faros destrozados estallaron en la plaza. El coche, que seguía avanzando a toda velocidad, desapareció en el vestíbulo de la iglesia, seguido un momento después por otro fuerte estallido al chocar con un obstáculo en el interior. De las puertas astilladas de la iglesia, que colgaban rotas de sus bisagras, empezaron a salir volutas de humo que, al cabo de unos minutos, dieron paso a enormes columnas de humo blanco. Las llamas iluminaron las vidrieras de las ventanas de la iglesia, convirtiéndose rápidamente en algo parecido a un infierno.

Una figura blanca con overol, con gafas oscuras y casco rojo, sale corriendo de la iglesia y se dirige a la cercana Galería de Arte del pueblo, a unos cien metros de distancia. La figura está fuera de la cámara durante unos cinco minutos antes de que se la vea correr de nuevo, lejos de la Galería de Arte, hacia el bar Wychwode Inn en el lado opuesto de la plaza.

A continuación, se ve al personaje agacharse junto a la puerta de la entrada principal y manipular el buzón durante uno o dos minutos. Los detalles son borrosos a esta distancia, ya que la cámara trabaja al límite de su rendimiento. Al cabo de unos minutos, una ventana del piso superior se rompe desde el interior del bar y sale humo de ella. En el interior, se produce un alboroto de gritos.

El personaje con overol gira sobre sus talones y se aleja enérgicamente.

Todo el pueblo sigue conmocionado mientras escribo. Hay noticias de seis páginas de longitud en Google. Y el sitio web del boletín local amateur Wychwode Update está lleno de ellas. Una gran alfombra de fuego, eso es lo que debe haber parecido desde el aire. Como un mapa del servicio de cartografía en llamas, los contornos difuminados en una ventisca de chispas, de humo. Las alas de un gran pájaro me llevaron lejos, a Berlín, desde donde escribo, sentado en un café de moda. He hecho mi demostración. Dijeron que era una especie de mentalista. Pero ahora tienen una mejor estimación de mi visión, de mis poderes.

Fin

ACCIDENTE EN UN TRAYECTO SUBURBANO

POR JACK D MCLEAN

Cuando me reuní con Gerald, una fórmula tan antigua como nuestra especie estaba en funcionamiento.

Él tenía cuarenta y un años, yo veinticinco; él era rico y yo pobre. Él parecía estar bien de lejos, mientras que yo era, y sigo siendo, bastante despampanante. No es sólo mi opinión. La gente me lo dice siempre, y no sólo mis padres.

Gerald me dio un hogar y seguridad y, a cambio, yo aporté glamur a su vida. Las cabezas se giraban y las mandíbulas caían cuando salíamos juntos, eso le encantaba.

Yo era su novia trofeo que le proporcionaba sexo cuando él quisiera, incluso cuando yo no tenía ganas, y conversación si era necesario. Sin embargo, no hice ninguna tarea doméstica. Eso no era parte del trato. De ninguna manera.

La diferencia de edad de dieciséis años no era excesiva en mi opinión. He visto mayores en la comunidad de Sugar Babe. Había inconvenientes, por supuesto. Me lo esperaba.

Por ejemplo, algunas de esas cabezas que se giraron, se podía decir que los dueños de ellas estaban pensando:

¿Qué hace ella con él?

Pero cuando nos subíamos a su Bentley Mulsanne con chófer al final de la velada, era evidente lo que estaba haciendo con él. Y la mayoría de los ojos que nos miraban eran del más oscuro verde botella de la envidia.

Luego estaba su cuerpo. He tenido relaciones sexuales con hombres de mi edad y tenían cuerpos firmes y bonitos, al menos, los que se cuidaban. Me temo que Gerald no.

Como era de esperar, teniendo en cuenta con quién estaba teniendo sexo, una parte de él siempre podía confiar en ser firme. Pero el resto de él era suave y flácido. Al menos no tenía tetas de hombre, gracias a Dios. No creo que yo hubiera podido soportar eso.

Fumaba, bebía mucho y el ejercicio más duro que hizo fue el ñaca ñaca conmigo en la mesa de la cocina. Se lastimó la rodilla al subir a ella, así que después de eso sólo lo hicimos en su cama.

Era muy poco saludable mi Gerald. Sin embargo, nunca esperé que muriera tan joven, sólo cuatro años después de que nos juntáramos, con sólo cuarenta y cinco años. No fue su salud lo que lo mató. Tuvo un accidente. Si no fuera por eso, todavía podríamos estar juntos. Me gusta pensar que sí.

Comía todo lo que no debía, así que no era sorprendente que tuviera sobrepeso. Lo que sí era sorprendente es que fuera clínicamente obeso. Eso es lo que decía el médico. Pero lo ocultaba bien bajo sus chaquetas a medida y sus gruesos suéteres. Nunca habrías adivinado que Gerald era clínicamente obeso.

Sólo lo habrías clasificado como fornido.

Bueno, era un poco bajito. Medía 1,65 mi Gerald. Yo mido 1,65 y con los tacones mido más bien 1,77. Solía sobresalir por encima de él. Tenía que ponerse de puntillas para besarme. Todo eso era bueno, en realidad. Él solía encontrar emocionante salir con una mujer que era más grande que él. Lo cual era una suerte, porque todas las mujeres que podía conocer le daban guerra en cuanto a altura, sobre todo con tacones.

Él era mi inversión para el futuro, mi pensión. Siempre pensé que me casaría con Gerald y que nos asentaríamos, que tendríamos hijos, pero nunca lo hicimos. Viví con él en su mansión y disfruté de todas las ventajas de un sugar daddy: un coche, un techo y más dinero de bolsillo del que recibe una persona media en este país, pero nunca nos casamos.

Lo llamo dinero de bolsillo, pero en realidad tenía un puesto de trabajo. Asistente personal. Era una especie de libre de impuestos. Puedo asegurar que la única asistencia que le di a Gerald fue del tipo más personal que se puede obtener.

Todo fue bien durante unos años, pero las cosas empezaron a ir mal cuando mencioné el matrimonio.

—Llevamos tiempo juntos, Gerald—, dije un día de verano en el jardín.

Él estaba en el césped de croquet practicando algunos tiros; yo le observaba con un gin-tonic en la mano.

—¿Qué dijiste, Amanda? — Dijo, levantando la vista de la pelota.

—Llevamos un tiempo juntos—, repetí. —Ya es hora de que hagas de mí una mujer honesta.

Golpeó la pelota con un chasquido y ésta salió disparada a través de un pequeño arco de madera situado a unos metros de distancia.

—Una mujer honesta, ¿eh? No estoy seguro de estar preparado para eso. ¿No podemos seguir como estamos? Los dos somos felices, ¿no?

—Bueno, sí, pero...

—Entonces, ¿por qué arreglarlo, si no está roto?

—Bueno, sí, pero ...

Se oyó un ruido como el de Tarzán llamando en la selva.

Sacó su celular del bolsillo. Gerald podía ser muy infantil en algunos aspectos. Se puso el teléfono en la oreja.

—Sí, sí—, dijo. Luego me miró. —Negocios. Tendrás que disculparme un rato.

Me metí dentro y rellené mi ginebra.

Durante los siguientes meses tuvimos muchas conversaciones como:

—Llevamos casi cuatro años juntos, Gerald. El reloj está corriendo. Quiero tener hijos. ¿Qué vas a hacer al respecto?

—¿Podemos discutir esto en otro momento, por favor, Amanda? Tengo que mirar estas cuentas ahora mismo.

De alguna manera, siempre parecía escabullirse de darme el compromiso que necesitaba.

Entonces, un día, decidí que lo haría de una vez por todas.

—Estoy harta de esperarte, Gerald. ¿No lo ves?

—¿Esperando por mí?

—Esperando a que te decidas. Por lo que veo, esta relación no va a ninguna parte.

—¿Dónde quieres que vaya?

—A una iglesia y luego en una luna de miel en algún lugar exótico.

—Oh, eh...— Hubo una llamada de Tarzán, como siempre parecía haber en momentos incómodos como éste. —Negocios—, dijo. —Por favor, discúlpame.

Me hizo preguntarme si tenía alguna cosa especial que hacía que su teléfono se apagara a voluntad para terminar nuestras conversaciones cuando se le hacían difíciles.

Un día dejó el celular por ahí. Así que lo cogí para comprobar si había alguna manera de que pudiera hacerlo sonar a voluntad de esa manera.

Y cuando lo hice, vi un texto. A una chica. Llamada Felicity.

—Querida Felicity, no puedo esperar a que nos encontremos mañana, amor y besos xxx.

Cuando miré más de cerca, había toda una cadena de mensajes de texto entre él y esta fulana y se enviaban amor y besos en cada uno de ellos. Ella había enviado fotos de sí misma, la pequeña puta. En algunas de ellas estaba de vacaciones en bikini.

Parecía que tenía una rival por el afecto de Gerald. Me había engañado. Mi sangre, por supuesto, hirvió.

¿Cuánto tiempo había pasado? ¿Qué significaba ella para él, esta Felicity?

Obviamente, el matrimonio estaba fuera de discusión, ahora. Tengo mi orgullo. No iba a casarme con Gerald sabiendo que estaba viendo a otra mujer a mis espaldas.

Hice las maletas y las metí en la parte trasera de mi coche, un VW Golf descapotable. El techo estaba bajado porque era un día soleado.

Al encender el contacto, vi a Gerald en el espejo retrovisor, saliendo de la casa. Me llamó.

—¡No dijiste que ibas a salir!

—No lo hago—, grité sin siquiera girar la cabeza. —¡Te estoy dejando!

Empezó a caminar hacia mi coche.

—¿Dejándome? No lo entiendo. ¿Por qué?

—¡Sabes muy bien por qué!

Mi coche era automático. Lo puse en marcha.

—¡No, no lo sé!

—¿Esa fulana que has estado viendo a mis espaldas?

—¿Fulana?

—Ni siquiera puedes ser honesto conmigo, ¿verdad?

Mi presión sanguínea se disparó, tuve una especie de niebla roja ante mis ojos y, antes de saber lo que estaba haciendo, puse la marcha atrás, solté el freno de mano y pisé el acelerador.

En un segundo lo había derribado.

Entonces cundió el pánico. Avancé hasta asegurarme de que el coche no estaba encima de él y me bajé. Parecía muy muerto y, por lo que pude ver, las apariencias no engañaban. Llamé al 999.

—Ha habido un terrible accidente. Necesito una ambulancia.

—¿Cuál es la dirección, señora?

Les dije dónde estaba.

—Por favor, describa el accidente.

—Atropellé a mi novio por error.

—¿Y cómo está él?

—Parece estar muerto.

—Una ambulancia está en camino.

Cuando llegó la ambulancia iba acompañada de un coche de policía. Los paramédicos confirmaron que Gerald había muerto y yo rompí a llorar. Cuando la policía me preguntó al respecto, dije:

—Estaba un poco alterado y puse el coche en marcha atrás en lugar de hacia adelante por error.

Entonces les miré con ojos de cachorro y, gracias a Dios, me creyeron.

Los padres de Gerald organizaron su funeral. Estaban angustiados, pobrecitos, pero se las arreglaron.

Después, en la comida del funeral, se me acercó una joven. La reconocí de inmediato. Felicity. Decidí no sacar el tema de que Gerald me engañaba con ella. No quería causar una escena, no en su funeral.

—Eres Amanda, ¿verdad? — Ella preguntó.

—Sí—, dije, preguntándome a dónde quería llegar con la conversación y por qué estábamos hablando.

—No creo que te haya hablado de mí.

—No, no lo hizo.

—Soy su hija.

—¿Su hija?

—Sí. Siento casi como si te conociera porque solía hablar de ti todo el tiempo. Siempre esperé que llegáramos a conocernos, pero no en circunstancias como ésta, obviamente. Tal vez deba explicar que sólo conocí a Gerald durante un breve período. Verás, él no sabía que tenía una hija hasta que me puse en contacto con él hace tres meses. Mi madre nunca le dijo que estaba embarazada de él cuando se separaron. De todos modos, fue traumático para los dos conocernos. Me dijo que no quería que saliéramos a la luz, por así decirlo, como padre e hija, hasta que se hubiera hecho a la idea. Creo que estuvo a punto de hablarle a todo el mundo de mí, pero trágicamente su accidente se lo impidió.

Me serví un vaso grande de Chardonnay y lo engullí de un trago.

Fin

CONVERSACIONES EN EL PUENTE DEL MILENIO

POR MARTIN MULLIGAN

NO ES DE EXTRAÑAR QUE CHINA VENDA HOY LOS MEJORES dispositivos de escucha del mundo, pistolas de sonido para espías. Lo que sí es sorprendente es lo mucho que estos oídos electrónicos pueden captar, incluso a un cuarto de milla de distancia de, por ejemplo, un puente de acero azotado por el viento, cuyas jarcias cantan al son de una tormenta que barre el estuario del Támesis. Pero ya me estoy adelantando. Tengan paciencia conmigo un momento.

Soy escritor y he tenido una idea ganadora para un libro. Estaría compuesto por conversaciones clandestinas capturadas, escuchadas en todas las estaciones y horas del día. Cada conversación tendría en común con las demás sólo esto: cada intercambio en el libro habría tenido lugar, escuchado en secreto, en el célebre Millennium Bridge de Londres, que une el restaurado Shakespeare's Globe de Sam Wanamaker con la Catedral de San Pablo. Esta icónica pasarela zumba, rasguea y tiembla como la cuerda de un violín en cualquier época del año.

Estas conversaciones robadas, de las que los participantes originales nunca se enterarían, servirían de punto de partida para las historias de una colección premiada. Ése, al menos, era mi plan.

Ahora bien, separar siempre la planificación de la ejecución es un primer principio de gestión y me sirvió en este caso. Porque la primera parte de mi plan ha ido viento en popa.

Todo lo que hice fue pedir la pistola de sonido, para ser exactos: el dispositivo de escucha espía con micrófono electrónico parabólico, a un distribuidor de Shenzhen a través del mercado mundial. Un par de clics en el sitio web del distribuidor digital, que es un nombre conocido en todo el mundo, y en una semana el paquete estaba en mi puerta. Desenvolví el pequeño paquete como un niño en Navidad, con los ojos muy abiertos ante el espléndido diseño de la pistola de rayos de la era Sputnik.

En mi primera prueba en mi barrio, capté una animada discusión doméstica en un edificio de tres habitaciones, simplemente apuntando a una ventana del piso superior desde la cubierta de un arbusto de forsitia en la esquina de la calle. Los improperios y las amenazas a gritos, seguidas de lágrimas, fueron muy claros y la recepción fue brillante.

No es de extrañar, pues, que apenas pudiera esperar a tomar el tren a Londres y al Bankside de Shakespeare para instalar mi escondite de espías cerca del Puente del Milenio. Me esforzaba por comenzar la investigación y el desarrollo de mi gran proyecto de escritura. Nominación al premio Man Booker, patrocinio de la cadena de cafeterías, giras nacionales seguidas de giras internacionales, mi cabeza daba vueltas a todos los detalles del glamur y el brillo del mundo del libro antes de haber escrito una sola palabra. Pero todo eso forma parte de la psique del escritor, me dije. Es la pura gloria de la cosa lo que nos hace avanzar.

Nunca apunte una pistola de sonido directamente a una gaviota negra. El graznido que puede generar esa criatura es un fenómeno que hace estallar los oídos incluso sin un amplificador. Después creerás que te sale sangre de los ojos, no estoy bromeando. Aquel día había muchas aves marinas, tal vez una tormenta en el mar las había empujado hacia el interior. El cañón de sonido y los auriculares tardaron un poco en instalarse a sotavento del vendaval que soplaba en el estuario del Támesis. Se trataba sobre todo de estar bastante bien escondido, así como de tener un campo despejado para que el aparato escuchara a distancia.

Tenía el rango más o menos ahora, después de un paso en falso o dos, como elegir esa gaviota posada en la barandilla. La gente iba y venía por el puente a última hora de la tarde. En su mayoría eran individuos trajeados que caminaban decididos hacia Dios sabe qué auto importantes asignaciones de negocios en cafeterías o salas de juntas: reuniones, reuniones, la propia savia del capitalismo gerencial conformista. Abrigos negros y trajes gris oscuro bien cortados, maletines negros, zapatos negros brillantes, todos fluyendo constantemente a través del Puente del Milenio. Una procesión constante de cabellos oscuros teñidos y rostros antes apuestos, ahora tensos y pálidos o regordetes y floridos.

Ya me había acostumbrado a esta marea de tipos metropolitanos a cámara lenta cuando dos figuras que caminaban hacia el lado del puente de San Pablo, a contracorriente de la multitud de la oficina, me pusieron en guardia.

Eran dos personajes desaliñados y mal avenidos: un tipo alto y delgado con una chaqueta de cuero negra y gafas de sol y un joven más pequeño, ágil y de aspecto nervioso con ojos saltones, que llevaba una sudadera con capucha con el logotipo de un tiburón de dibujos animados que practicaba surf. Cada uno de ellos destacaba de forma llamativa en este corazón de la conformidad de sastre.

Se detuvieron en el centro del puente, de pie uno al lado del otro contra la barandilla, frente al puente de Southwark, a media milla de distancia río abajo. Su posición era perfecta desde el punto de vista de la línea de visión y una orientación auditiva directa para mi cañón de sonido. Todo era casi demasiado bueno para ser cierto para mis propósitos.

Por supuesto, no podía saber entonces que uno de ellos no sólo era un ladrón, sino también un sádico maníaco homicida.

De vuelta a casa, en Wychwode, ese mismo día transcribí la cinta que había grabado de las diversas conversaciones que había captado en el puente. La mayoría eran intercambios bastante anodinos sobre restaurantes, problemas de transporte público y chismes de oficina. Entonces me fijé en la conversación entre los dos tipos desaliñados a los que había apuntado con la pistola, la pareja que hablaba, furtivamente, al parecer, en medio del puente, como si no quisieran especialmente ser escuchados. Leí y releí la transcripción. Luego volví a la grabación para comprobarlo, dos veces. Pero seguía siendo increíble. Volví a escucharla de principio a fin por tercera vez.

Estaban planeando revolver a todo un bloque de departamentos en Kensington. Nueve departamentos en el transcurso de un fin de semana de vacaciones. Incluso habían dejado escapar la dirección del lugar. Tenía un conserje y un guardia de seguridad a tiempo completo. No podía creer lo que estaba escuchando. —Desconectamos todas las comunicaciones—. El tipo alto y con aspecto de lobo estaba hablando. —La mitad de los bastardos ricos estarán fuera en sus casas de vacaciones o segundas residencias. Nos llevamos a toda la banda y nos tomamos nuestro tiempo, la mitad de la noche si es necesario. Habitación por habitación, el tiempo que sea necesario. No hay prisa en nada una vez que nos hemos encargado de su seguridad. Luego llenamos las dos furgonetas con el material y nos vamos.

La mayoría de la gente llevaría esto a la policía inmediatamente. Pero yo no pude. Los motivos no son importantes. Digamos que había tenido demasiados líos en este lado de la ley durante demasiados años y mi nombre ya era conocido en los círculos policiales, no en el buen sentido. Había sido absuelto dos veces. Una vez fui garantía en un caso del Ministerio del Interior para un solicitante de asilo ucraniano, un profesor de física gay golpeado y expulsado de su país, que finalmente había conseguido el derecho a quedarse. A las autoridades no les había gustado. Así que era reacio, por no decir otra cosa, a molestarles con este último acontecimiento.

Además, ¿cómo iba a justificar mi flagrante invasión del derecho a la intimidad con mis hazañas con la pistola de sonido, en primer lugar? «Oh sí, oficial, eso. Bueno, iba a ser el punto de partida de un libro, verá, oficial». No, no podía ver cómo podría presentarme en la recepción de la policía con eso como justificación.

Lo que explica cómo llegué a estar de pie en un umbral frente a las 113 Mansiones Sitwell en una mañana de febrero fría, muy fría, admitámoslo, francamente helada. Mi aliento formaba plumas de hielo, y yo zapateaba en un intento inútil de mantener el calor.

Había estado observando el lugar a intervalos desde que me topé con el atraco planeado, esperando alguna pista o indicio que me diera un pretexto para intervenir con seguridad. Tenía un mal presentimiento sobre todo el asunto y estaba convencido de que los inocentes saldrían perjudicados si no se hacía algo. Al fin y al cabo, hasta los inocentes ricos merecen una oportunidad de luchar. Por lo que yo sabía, algunos de los objetivos del robo podrían incluso tener hijos en casa ese fin de semana. Sin duda, había que evitarlo de alguna manera, aunque me pusiera en la línea de fuego.

Durante los cuatro días que precedieron al fin de semana festivo no ocurrió nada sospechoso que yo pudiera distinguir. Hubo una falsa alarma el miércoles, cuando creí reconocer al tipo que dejaba un paquete en la recepción. Resultó ser sólo un mensajero con algunas prendas de limpieza en seco en perchas, todas meticulosamente embolsadas en polietileno.

El viernes, por falta de paciencia, decidí que había que tomar medidas desesperadas.

Crucé la calle desde mi todavía frío punto de vista, entré en el vestíbulo del bloque de apartamentos, pasé por delante de las bien cuidadas plantas de caucho y me dirigí directamente al imponente mostrador de teca detrás del cual un conserje uniformado de color azul pálido estaba descansando en una silla con ruedas, leyendo, The Sun. Era un hombre grande, con la mandíbula cuadrada sin afeitar. Llevaba una gorra con un escudo de metal en la parte delantera. No parecía más que un aspirante a extra del Departamento de Policía de Nueva York con problemas de obesidad. No importa todo eso, pensé. Mi plan era decir mi parte y marcharme de inmediato.

Apoyé las manos en el mostrador y me incliné hacia delante para subrayar la gravedad de mi misión. Sin detenerme a presentarme, dije: —Mira, amigo, no voy a disfrazar esto. Tu recinto es el objetivo de una banda de ladrones este fin de semana. Harías bien en llamar a la policía ahora mismo y cubrir el lugar. No voy a aceptar preguntas sobre esto. Gracias, adiós. Entonces miré rápidamente, de forma interrogativa, a sus pequeños ojos porcinos como botones azul pálido, según vi, como el uniforme, para asegurarme de que había captado el mensaje. Estaba a punto de inclinarme hacia atrás, de girar sobre mis talones y salir a zancadas.

Lo que ocurrió a continuación me sorprendió. Se levantó de un salto, haciendo que su silla con ruedas saliera volando hacia atrás. Hubo un borrón en mi campo de visión izquierdo. Luego discontinuidad.

El borrón era su puño del tamaño de una pierna de cordero congelada. La discontinuidad era la que golpeaba mi cabeza.

Hay un cliché de las películas de serie B según el cual alguien que se ha quedado inconsciente ve las caras de tres personas que ocupan su campo de visión. La banda sonora dice: «Está volviendo en sí, está volviendo en sí»,con un timbre de eco abucheado. Salvo que no es sólo un cliché cinematográfico. También es lo que ocurre a veces en la llamada vida real.

Los tres rostros que aparecían en mi vacilante visión eran los del corpulento conserje, el personaje lupino que había visto en el puente y su socio más delgado y nervioso. Me sentía como si midiera 12 metros de alto y un centímetro de ancho, con una cabeza hecha de algodón de azúcar rancio. Un calamar gigante de dolor de cabeza tenía su túnel de sangre metido entre las cejas. No podía confiar en mí mismo para abrir los ojos durante mucho tiempo, y mucho menos para decir algo. Un trozo de diente se enganchaba bruscamente contra mi lengua y el interior de mi mejilla en el lado derecho. Escupí muy débilmente un fragmento de diente roto y sentí que una baba sanguinolenta se deslizaba por mi barbilla, como si estuviera en el dentista.

—Spider, tienes que ver esto, lo cambia todo—, decía el nervioso y delgado joven con acento de Europa del Este.

—No, no lo hace. No cambia nada. Seguimos adelante—. El malvado, alto y delgado, con extremidades como palancas de acero, un tipo de cuerpo fascista, si es que alguna vez vi uno, llevaba la chaqueta de cuero negro desgastada que había llevado aquel día en el puente.

—¿Y si ya ha acudido a las autoridades? No sabemos si nos ha delatado.

—Relájate, ¿quieres? Pronto descubriré lo que sabe. Y seguimos en pie. No te preocupes, este pequeño acontecimiento no es un factor determinante. No se lo digas al resto de la banda. Asegúrate de que las puertas del callejón estén abiertas para cargar a medianoche.

Había perdido la noción del tiempo, pero ahora calculaba que no podía haber estado inconsciente más que unos minutos. El tiempo suficiente para que me sacaran de la vista a través del vestíbulo hasta un almacén. Pero me sentía demasiado débil para hablar o protestar. Así que me quedé allí, sangrando tranquilamente en el suelo del armario del conserje, al parecer, entre trapos y los líquidos de limpieza en sus duros contenedores de plástico. Aunque escupía sangre y gemía suavemente, los olores amoniacales ayudaban un poco, como las sales aromáticas en la esquina de un boxeador entre asaltos.

Escuché cómo se cerraba la puerta, señal de que dos de los, literalmente, socios del crimen nos habían dejado solos a mí y al amenazante Spider. Furioso, pero frío, no tardó en hacer mi vida aún más miserable. El lado positivo es que me desmayé de nuevo cuando empezó a golpear mi vientre con sus Doc Martins.

Al final me dejó atado con un alambre a una estantería, con los pies apenas tocando el suelo. Para entonces tenía moretones en el pecho y en las costillas que me dolían tanto que me pregunté si se me había ido una costilla, pero como mi respiración seguía siendo buena, supuse que no. Mi ojo derecho estaba completamente cerrado y el izquierdo casi. El diente roto me dolía mucho y tenía problemas para sentir las yemas de los dedos. Mis labios y mi nariz chorreaban sangre por el segundo golpe que Spider me había dado por mi insistencia en que no le había contado a nadie lo que me había enterado en el puente. Por fin parecía lo suficientemente satisfecho como para abandonar el armario y dejarme tranquilamente sangrando y amordazado. Amordazado con un trapo que olía a aguarrás. Al menos eso es lo que me dije cuando volví a ser gradualmente consciente en la oscuridad del almacén del conserje.

Llevaba una hora en ese estado, según mis cálculos (mi percepción del tiempo iba y venía), cuando la puerta se abrió una pequeña rendija y la luz atravesó el suelo desde el bien iluminado vestíbulo. Hubo una pausa y luego la puerta se abrió por completo y se cerró rápidamente con un hábil chasquido detrás de una figura que se agachaba apresuradamente en mi armario del dolor. Entonces volvimos a estar casi en la oscuridad.

Era el joven ansioso. No perdió tiempo en hablar y ya estaba tanteando el cable que Spider había atado a mis muñecas. Por sus prisas y su respiración estertorosa y superficial, muy ruidosa en nuestro reducido espacio, supuse que aún tenía escrúpulos sobre todo el plan. Pero con la mordaza en mi boca, y una cosa y otra, apenas podía preguntarle. Además, ahora sentía un zumbido intermitente en los oídos que me preocupaba. Mi cabeza, al fin y al cabo, había recibido un castigo. De todos modos, me hizo callar desesperadamente mientras abandonaba el alambre de mis muñecas, había resultado demasiado obstinado, y rasgaba los nudos de alambre que me cortaban las espinillas. Seguía suspendido de un estante alto por el alambre alrededor de las muñecas, con el aspecto de un San Sebastián de feria.

Tras varios minutos de esta enardecida melancolía en la penumbra del armario del conserje, mis pies y mis piernas estaban libres. Pero mientras él volvía a trabajar en mis manos y muñecas, ahora completamente entumecidas, se escuchó un repentino alboroto desde el vestíbulo a través de la puerta cerrada: —¡Stoyan! ¿Dónde mierda estás?.

Mi aspirante a salvador se quedó helado. Abandonó su intento de liberar mis manos. Empecé a murmurar a través de la mordaza de trementina, pero me tapó la boca con una mano sorprendentemente fuerte. Entonces, la presión sobre mi mordaza disminuyó, la puerta volvió a abrirse, un delgado cono de luz momentáneo y él desapareció.

Más gritos desde el vestíbulo. Pasos y sonidos de persecución, y luego nada. Cuatro o cinco minutos más tarde, juro que escuché el chirrido de los frenos y los neumáticos desde muy lejos, pero podría ser una alucinación auditiva. Había recibido un golpe y seguía viendo literalmente las estrellas. Mi cabeza se había vuelto inestable. Todo me parecía doloroso. Pero empecé a mover las piernas como pude, intentando restablecer la circulación. También para estar preparado para un último esfuerzo desesperado por defenderme si Spider volvía.

Seamos claros, no tenía elección. No es que el tipo tuviera una naturaleza mejor a la que pudiera apelar. Lo había demostrado ampliamente. La sangre que se acumulaba constantemente, mi sangre, recuerden, y que goteaba sobre los estantes y el suelo del armario del conserje era un vívido recordatorio. No soy un héroe y había estado cantando como un canario,lo que una vez fue una comparación sorprendente, sobre el puente y cómo conocía sus planes incluso antes de que Spider empezara a sacarme los bultos a patadas. Pero un hombre acorralado y atado con alambre en un armario tiene muy poco que perder.

Spider volvió, por supuesto que sí. Ese maníaco no pudo contenerse.

Sucedió así. Acababa de salir de otro aturdimiento, todavía sangrando por la boca y las muñecas. El suelo estaba ya muy resbaladizo. Me sentía demasiado débil y aguado para lo que tenía que hacer.

Spider encendió la luz y avanzó hacia mí, gruñendo e insultando. Y esta vez con una barreta, me di cuenta, colgando de su mano izquierda. Su derecha estaba cerrada en un puño y a punto de golpear de nuevo mi cabeza indefensa.

Ahora bien, no había perdido el tiempo y la oportunidad que me brindaban esos pies y espinillas desatados antes de que el llamado Stoyan perdiera los nervios, desistiera de su intento de liberarme y escapara de mi lúgubre armario del horror.

De hecho, había conseguido arrastrar penosamente hacia mí un pesado cubo de fregar vulcanizada para la fregona en la oscuridad. En él había metido el pie derecho y la parte inferior de la pierna, como si se tratara de la fea bota de un gigante sacada de un cuento de los hermanos Grimm. Mi pie estaba firmemente clavado y atascado allí. No importaban las protestas de mis espinillas, mi vida dependía de esto.

Con una sonrisa lupina animando su rostro pálido y con marcas de viruela, su puño derecho aún amartillado, tomándose su tiempo, Spider estaba plantando sus pies ampliamente y colocándose en una postura de caballo de Kung fu, lo mejor para darme una paliza épica.

Grité y me lancé hacia arriba con el arma-cubo firmemente clavada en el pie, apoyándome en el suelo lo mejor que pude con la pierna izquierda para conseguir un buen agarre que hiciera palanca en el golpe. Tuve buena suerte. Le dio de lleno en la entrepierna al asustado Spider.

Escuché su respiración reflejada cuando el dolor cegador le golpeó.

Tenía que aprovechar este breve, brevísimo, momento de ventaja o se acababa todo para mí. El dolor de mis muñecas, que soportaban todo mi peso y se arrastraban por la estantería, era insoportable. Todo eso tendría que esperar. Spider se quedó rígido, conmocionado, y volví a darle una patada, esta vez con la pierna izquierda, en el mismo sitio; un penalti perfecto en su ingle desprotegida. La barreta cayó con un tintineo metálico al suelo de cemento junto a unos botes de blanqueador.

Siseó y cayó de rodillas, luego se inclinó hacia delante a cuatro patas, en paralelo al suelo que estaba resbaladizo por mi sangre. Su cabeza y sus hombros estaban a mis pies. Los dioses aún me sonreían.

Le di a la mandíbula de Spider una torpe patada con el talón de mi pie libre. Fue un golpe débil y casi falló, pero fue suficiente. Mientras su cara caía al suelo, le golpeé con la bota de goma vulcanizada, de forma torpe pero sólida, en la parte posterior de la cabeza. Y otra vez. Seguí así hasta que dejó de moverse. Entonces, balbuceando y llorando de terror, en un último frenesí, lo hice un poco más. Él había tratado de matarme, entiendes.

Después hubo un tiempo en el que perdí la noción de las cosas en mi maldito armario, todavía atado por las muñecas en un espacio cerrado con un maníaco homicida cuya respiración ya no podía oír.

Mis espinillas y el arco del pie derecho protestaban con un dolor difícil de soportar. Volví a preguntarme si me había roto algo allí, además de las costillas y las muñecas pinchadas con agujas al rojo vivo. Me ayudó el hecho de que siguiera perdiendo el conocimiento. Todo era surrealista ahora en mi acogedor y cálido gabinete del Doctor Caligari. Me di cuenta de que hablaba y me reía conmigo mismo a intervalos allí en ese armario. Podía oírlo. Pero era tan tenue y entrecortado, como el canto de los pájaros en un bosque sombrío al caer la noche, que sólo una pistola de sonido podría haberlo captado.

Esa noche murieron dos personas. La primera fue el joven llamado Stoyan, que había intentado liberarme antes de que su socio psicópata volviera para acabar conmigo.

Cuando Spider lo descubrió huyó a la calle y siguió corriendo en su pánico y se dejó atropellar por una ambulancia. Esa fue la sirena y los sonidos de la calle que creí escuchar. La policía apareció poco después. Me enteré mucho más tarde de que Stoyan, consciente, pero con poco tiempo de vida, balbuceó algo en la acera o en una camilla que les condujo a Sitwell Mansions. ¿Tenía un ataque de pánico y/o una crisis de conciencia? ¿Me había ayudado porque conocía la naturaleza y las intenciones asesinas de Spider?

Si me preguntan, probablemente salvé la vida de un policía al tomar la acción que hice contra Spider. Porque ya habrán adivinado que el suyo era el otro cadáver. Luchando por mi vida en aquel almacén ennegrecido, mi frenética arremetida en defensa propia había hecho bastante por Spider, resultó.

El juez y el jurado fueron indulgentes cuando se les expusieron todos los hechos. Me condenaron a cuatro años de prisión. Así es como llegué a escribir esto, el relato que da título a Conversaciones en el Puente del Milenio, en la biblioteca de la prisión abierta de Ford durante mi tramo final. Ahora me pregunto si puedo estar en la lista del Man Booker.

PHOEBE

POR JACK D MCLEAN

La joven desvió sus ojos desesperadamente para evitar los míos. Debía saber que la había estado observando, pero no sabía por qué. Probablemente pensó que me gustaba. No era tan simple como eso.

Sin duda era el tipo de mujer que cualquier hombre heterosexual encontraría atractiva, pero no era por eso por lo que me interesaba. Tenía que ver con la forma en que se comportaba.

Me impresionaron tanto la postura y los movimientos de la mujer que utilicé mi móvil para grabar un breve vídeo de ella. Puede que fuera esto lo que provocó el incidente. No estaba siendo en absoluto provocador, sino que intentaba captar la esencia de lo que la hacía ser mujer. Pero fui malinterpretado. A menudo me han malinterpretado.

Después de grabar el vídeo, empecé a tomar notas en el cuaderno de espiral que llevo encima para utilizarlo en situaciones como ésta. Estaba tan absorto en mi trabajo que no me di cuenta de que el joven musculoso que la acompañaba se separó de su grupo y se acercó a donde yo estaba sentado.

Estaba en una cabina lateral, solo. Tengo la costumbre de ocupar puestos solitarios para poder observar a las mujeres en su hábitat natural mientras se ocupan de sus asuntos.

No fui consciente del joven hasta que sentí su mano en mi hombro y levanté la vista. Acercó su cara a la mía. Incluso en la penumbra del bar pude ver que su piel era áspera y desagradable.

—Escucha abuelo—, gruñó. Estaba tan cerca de mí que sentí el calor de su apestoso aliento en mi cara. —Mi amiga está jodidamente harta de que la mires. Te daría un puñetazo si no fueras un viejo inútil. Ahora vete a la mierda antes de que cambie de opinión y ataque a un pensionista.

Se equivocó. No había sido pervertido en absoluto. Había estado reuniendo material.

Sentí dos emociones a partes iguales: miedo y rabia. Estaba lo suficientemente enfadado como para golpearlo, pero el miedo a las consecuencias me frenó. Era fornido y parecía que podía cuidar de sí mismo. Eso no presagiaba nada bueno. Yo también soy fornido, pero sólo en la parte central. El resto de mi cuerpo es delgado. Mis hombros son estrechos y mis brazos son débiles tallos de pipa.

Me metí el cuaderno y el bolígrafo en el bolsillo y me levanté a toda prisa. Me di cuenta de que las piernas me temblaban sin control. Parecía que se iban a doblar bajo mi peso.

Tengo 50 años y no soy abuelo, me considero viril. Pero no tenía sentido explicar nada de esto al joven matón que estaba a punto de agredirme. Saliendo con toda la dignidad que pude reunir, sentí la mirada de múltiples pares de ojos clavándose en mi espalda.

Fue una especie de shock salir de la oscuridad del bar a la luz del sol de la tarde. Parpadeé varias veces antes de que mis ojos se acostumbraran a las nuevas condiciones de iluminación.

Era viernes por la tarde y el Northern Quarter de Manchester estaba lleno de gente. Divisé a una mujer que normalmente habría despertado mi interés, pero todavía estaba en estado de shock por lo que había pasado en el bar Black Dog, así que la ignoré. En su lugar, me dirigí directamente a mi coche y me dirigí a mi estudio.

Mi estudio se encuentra en una casa con terraza en Withington, que en su día fue un atractivo pueblo pero que ahora ha sido absorbido por la expansión urbana del Gran Manchester. Al entrar, me apresuré a subir al ático, lejos de las miradas indiscretas, descargué mi último vídeo en el ordenador y lo guardé en un archivo que había preparado muchos meses antes llamado «Chicas de Manchester - Barrio norte.

Lo reproduje una y otra vez, observando cuidadosamente la forma en que mi nueva estrella se paseaba con confianza por el pulido suelo del Black Dog. Era una investigación seria.

Después me desnudé y rebusqué en la cajonera que guardo en el ático y me puse un par de bragas de mujer que oculto allí. Podría haberme arreglado sin ellas, por supuesto. Al fin y al cabo, mi ropa interior no se vería y no había nadie cerca para juzgarme. No iba a aventurarme en público. Pero me juzgaría a mí mismo y sabría que la criatura que estaba creando no sería auténtica si no llevaba las bragas. Hasta el último detalle tenía que ser perfecto, de lo contrario no estaría satisfecho.

Me pongo el corsé. Hace un buen trabajo para contener mi vientre y da un toque de curvas de mujer a mis caderas. A continuación, me puse los postizos y el sujetador. Luego el vestido.

En ese momento me miré en uno de los muchos espejos de

cuerpo entero que guardo en el ático. Parecía un hombre de mediana edad vestido de mujer.

Para completar la transformación que buscaba, me puse una peluca y me maquillé cuidadosamente la cara. Luego me miré de nuevo en el espejo. No era una belleza, pero al menos me había convertido en una mujer, o en algo que se parecía a una mujer.

Puede que pienses que soy gay o un travesti o un aspirante a transexual. Puedo asegurarles que no soy nada de eso. Soy un artista puro y duro.

Bueno, una vez fui puro y una vez fui simple. Pero eso fue hace mucho tiempo. He perdido mi pureza y mi ingenuidad para siempre. Mi esposa y su amante se han encargado de ello.

Caminé con elegancia de un lado a otro como la mujer en la que me había convertido, imitando lo mejor posible el movimiento de la mujer que había visto en el Black Dog. De vez en cuando comprobaba mi forma en uno de mis espejos para asegurarme de que lo hacía bien. Y en su mayor parte lo hacía. Era una actuación muy lograda. Pero no era lo suficientemente buena para mí. Mi creación no me gustó. Sabía desde el principio que sería inadecuada; siempre lo era.

Con tristeza me quité el vestido, la ropa interior y el maquillaje, y retomé mi identidad habitual: Herbert Bottomley, Herb para sus amigos, el artista local de segunda.

Artista de segunda. *Segunda.* Cómo anhelaba ser un Artista *Importante.* Uno de los Britpack. Otro Damien Hirst, digamos, o, quizás más apropiado, un Tracey Emin.

No es que me fuera tan mal. Me ganaba la vida con mi trabajo y de forma justa, que es más de lo que pueden decir la mayoría de los artistas modernos. Mi problema era que me ganaba la vida con un tipo de arte que no me interesaba.

Tenía un flujo constante de clientes que querían que les hiciera retratos. El resto de mi trabajo remunerado procedía de la restauración y similares. Pero anhelaba ganar dinero con mi trabajo original. Me importaba. Pero lo único que parecía hacer era desordenar el lugar. No se vendía y no daba dinero.

Después de haber limpiado hasta el último resto de maquillaje de mi cara, bajé las escaleras y trabajé en una escultura a medio terminar, acercándola a su finalización. Mi concentración era tal que no noté el paso del tiempo. Antes de darme cuenta, el viernes se había convertido en sábado y era casi la 1 de la madrugada, así que cerré el estudio y me fui a casa. Mi casa es otra casa con terraza en Withington que comparto con mi esposa Cleo.

Látex, esa era la respuesta.

En cuanto se me ocurrió la idea, me pregunté por qué no se me había ocurrido antes.

En pocas palabras, podría hacer mi mujer ideal de látex y llevarla como un traje. Mi cara flácida ya no sería el factor limitante de mi apariencia, ni mis caderas poco amplias. El látex podría darme la forma y los rasgos faciales de la mujer de mis sueños.

Apenas se me ocurrió la idea, me puse a trabajar fervientemente para lograr mi objetivo. Por suerte, el medio no me resultaba extraño. Había trabajado mucho con el látex como estudiante de arte y, más recientemente, en un encargo bastante exótico.

Hice un busto de la cabeza y los hombros de la mujer ideal, procurando que fuera ligeramente más grande que el mío. Con el busto hice un molde con ojos de plástico. Luego le siguió el cuerpo, los brazos y las piernas.

Trabajé día y noche en mi proyecto. No creo que Cleo me echara de menos durante este periodo. Seguramente estaba demasiado ocupada teniendo sexo con Max, o pensando en tenerlo con él, cuando no lo estaba haciendo realmente.

Llegó el emocionante día en que todo estaba listo. Me desnudé y me preparé con grandes cantidades de polvos de talco.

Cogiendo el cuerpo que era algo parecido a un leotardo me metí en él, subiéndolo hasta el cuello. Los pechos eran espectaculares, aunque algo inmóviles.

A continuación, eché talco en las piernas de látex y las coloqué cuidadosamente sobre mis propias piernas. Al instante transformaron mis nudosos especímenes en unos alfileres que habrían hecho justicia a una modelo de lencería. Las mangas de látex prestaron un servicio similar a mis brazos.

Por último, llegó la obra maestra de la coronación. La cabeza. La bajé sobre la mía y apreté los cordones de la parte trasera. Una peluca fluida de pelo negro la remataba.

Cuando miré alrededor del ático, la visibilidad que tenía a través de los ojos astutamente diseñados era sorprendentemente buena. Cuando vi mi reflejo, me sorprendió. Por fin había creado una mujer. La mujer más hermosa que jamás había visto.

Girando hacia aquí y hacia allá me admiré,*«a ella misma»*, en el espejo. Dios mío, ella era hermosa Dios mío, yo era hermosa.

Estudiando mis altos pómulos, mis labios carnosos, mis pechos, mi vello púbico y mis largas piernas, llegué a la conclusión de que todo era perfecto.

Me acerqué al espejo. Sólo cuando estaba muy cerca, mi cara adquiría un aspecto ligeramente de muñeca. En todo caso, era una mejora con respecto a la vida real. Al fin y al cabo, es un cumplido referirse a una mujer como una muñeca viviente.

La visión de mi propia desnudez empezó a excitarme y a avergonzarme a partes iguales. Mi cara se enrojeció bajo el látex que la cubría. Pronto me di cuenta de por qué. No era yo quien se avergonzaba. Era mi creación. No le gustaba que la miraran mientras estaba desnuda. En aras del pudor, yo, es decir, ella, se puso un traje de baño, un escaso dos piezas amarillo, y, convenientemente vestida, me permitió admirarla. Fue amor a primera vista.

Allí mismo decidí llamarla Phoebe. La que brilla.

Cuando concebí a Phoebe por primera vez, sólo pensé en su aspecto y sus movimientos. No había pensado en su mente. Iba a ser poco más que una marioneta.

Me tomó por sorpresa que desarrollara pensamientos propios. Pero eso es exactamente lo que hizo.

En cierto modo, Phoebe era como mi madre, que era una mujer rencorosa y vengativa; y traicionera y desleal.

No es de extrañar que mi padre se suicidara.

A pesar de sus defectos de carácter, mi madre era muy hermosa y podía ser encantadora, al menos en su juventud.

Phoebe no era como mi madre en su trato hacia mí. Nunca sería desleal conmigo y si mostraba algún indicio del carácter vengativo de mi madre, eran los demás los que sentirían el golpe, no su creador.

Cuando le conté a Phoebe el incidente del Black Dog, se indignó. Me dijo que averiguara dónde vivía el malhechor que me había amenazado.

Pasé todo mi tiempo libre durante las dos semanas siguientes merodeando fuera del Black Dog. Finalmente, me vi recompensado al ver al joven que me había amenazado salir del local en un avanzado estado de embriaguez. Se dirigió a la parada de taxis de Piccadilly, subió a un taxi negro y se dirigió a su destino. Al subir al taxi que estaba justo detrás del suyo, utilicé las palabras inmortales:

«Sigue a ese coche».

Dimos vueltas y revueltas por la autopista y la carretera de circunvalación hasta que el taxi se detuvo frente a una casa en Claremont Road, en Moss-Side. Le dije a mi conductor que pasara de largo y anoté el número de la casa.

Mientras el joven matón tanteaba sus llaves, me recliné en mi asiento, disfrutando de la perspectiva de contarle a Phoebe que había localizado a mi torturador en su guarida.

No perdió tiempo en corregir el mal que me habían hecho.

Tras armarse primero con un cuchillo de cocina, condujo mi coche hasta Moss-Side y se estacionó a la vuelta de la esquina de Claremont Road. Salió del coche y caminó a paso ligero hacia la casa del joven matón. Por el camino se cruzó con una o dos personas en la calle que paseaban a sus perros y atrajo las miradas, todas ellas de admiración, sin duda. Su extraña belleza es suficiente para hacer girar la cabeza de cualquiera.

Llamó con fuerza a la puerta.

Joven Matón la abrió.

Sus rasgos enrojecidos, marcados de viruela, y su mal aliento eran tan repelentes para Phoebe como lo habían sido para mí.

Rápidamente sacó el cuchillo de cocina de su bolso y empujó la afilada punta contra su gordo vientre, que se tensaba contra la tela de su camiseta blanca.

Dio un paso atrás, horrorizado. Sabía por qué.

El rostro de Phoebe era hermoso, como el de una muñeca, y no tenía ninguna piedad.

Phoebe entró en el lúgubre pasillo de su casa cerrando la puerta tras ella.

Entonces, en un instante, le clavó el cuchillo en su repugnante y gordo vientre. Cuando estuvo bien hundido, tiró de la hoja hacia un lado, derramando sus gordas tripas. Cayeron con un chapoteo audible en el suelo de baldosas.

Se dejó caer en posición sentada y la miró.

—¿Por qué? —, dijo.

La respuesta de Phoebe fue breve y directa: le cortó el cuello.

Luego se marchó tan rápido como había llegado, el joven matón ya no era más que un espantoso desastre en un suelo de baldosas que alguna persona desafortunada tendría la poco envidiable tarea de limpiar.

Mientras Phoebe entraba en su coche, pasó una mujer con su hijo pequeño. Miró una vez en dirección a Phoebe y le dirigió una segunda mirada furtiva. Sin duda, esto se debía a que una belleza exótica como Phoebe era una visión muy inesperada en Moss Side. La mujer debía de tener prisa por llegar a algún sitio, porque agarró a su hijo de la mano y echó a correr, arrastrándolo con ella hasta que ambos se perdieron de vista.

Cuando Phoebe llegó a casa me contó todas sus hazañas.

Para ser sincero, me pareció que se había pasado un poco. Sin embargo, podía perdonarle cualquier exceso, ya que para entonces estaba locamente enamorado de ella.

Para mí era la mujer ideal.

Esto plantea la cuestión de cuál es la mujer ideal. Hasta ahora no había pensado mucho en ello. Pero Phoebe me hizo considerar la cuestión.

La mujer ideal es aquella que es hermosa y que hará todo lo posible para proteger a su hombre.

Me ha pedido una lista de mis enemigos. Estoy elaborando una ahora mismo.

Max es el primero de la lista.

Cleo está justo debajo de él.

Y hay bastantes más por debajo de Cleo.

Me temo que cuando se es artista se hacen enemigos. Va con el territorio.

Fin

Querido lector,

Esperamos que hayas disfrutado leyendo *Sucia Oscuridad.* Tómese un momento para dejar una reseña, incluso si es breve. Tu opinión es importante para nosotros.

Atentamente,

Martin Mulligan, Jack D McLean y el equipo de Next Chapter

BIOGRAFÍA DEL AUTOR

JACK D MCLEAN

El misterioso Jack D McLean procede de la ciudad de Huddersfield, en West Yorkshire, Inglaterra. Es un hombre con un pasado accidentado, ya que ha trabajado en una morgue, ha sido obrero y vendedor. Ha cavado agujeros... *profesionalmente* (con qué fin, se niega a decir: ¿ventas? ¿cadáveres? posiblemente ambas cosas), y lo que es más aterrador, es un antiguo abogado. Le gustan las fiestas y se mantiene en forma (el tipo de forma que te hace pensar que puede participar en peleas con Vinnie Jones de forma semireglamentaria, o posiblemente beber cerveza negra con las dos manos mientras también lanza una partida perfecta de dardos). Al parecer, está casado y tiene dos hijas adultas. Todavía no se les ha localizado para que hagan comentarios.

BIOGRAFÍA DEL AUTOR

MARTIN MULLIGAN

Martin Mulligan es un escritor que vive en Oxford. Estudió en la Universidad de Lancaster. Ha escrito principalmente para el Financial Times, noticias y reportajes. Pasó un año en Pekín enseñando periodismo en la Universidad de Xinhua y ha viajado mucho por Europa del Este, África y el sudeste asiático. Es un gran nadador de aguas abiertas.

Sucia Oscuridad
ISBN: 978-4-82410-685-8

Publicado por
Next Chapter
1-60-20 Minami-Otsuka
170-0005 Toshima-Ku, Tokyo
+818035793528

20 septiembre 2021

www.ingramcontent.com/pod-product-compliance
Lightning Source LLC
LaVergne TN
LVHW090937230826
846093LV00009BA/391

* 9 7 8 4 8 2 4 1 0 6 8 5 8 *